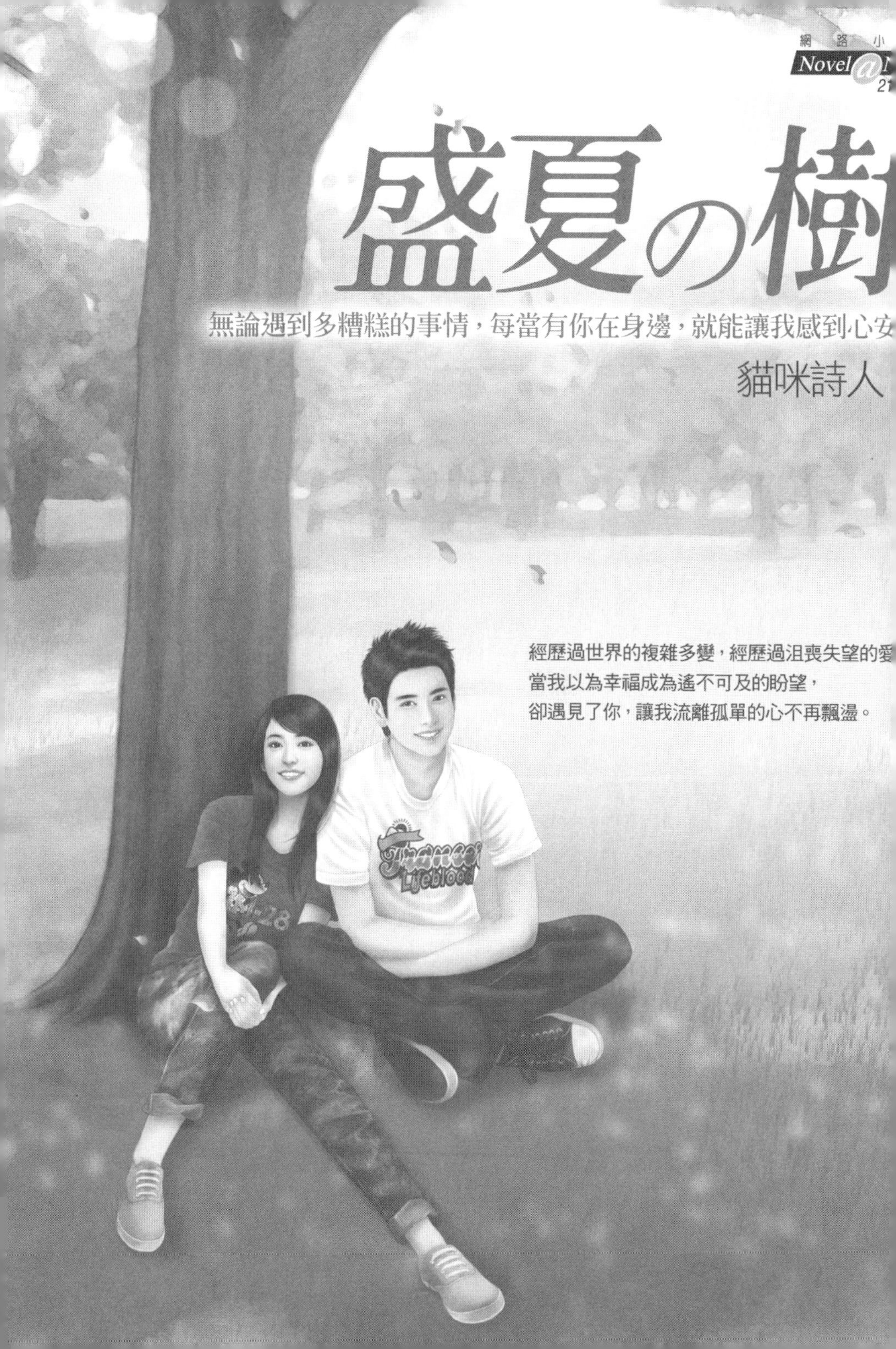

網 路 小
Novel@
21
盛夏の樹
無論遇到多糟糕的事情，每當有你在身邊，就能讓我感到心安
貓咪詩人
經歷過世界的複雜多變，經歷過沮喪失望的愛
當我以為幸福成為遙不可及的盼望，
卻遇見了你，讓我流離孤單的心不再飄盪。

〔作者序〕

綻放

這應該是我寫過最輕鬆愉快的一部小說了吧。

相信嗎？《盛夏の樹》這個故事的構思其實早在二〇〇四年之前就成形了，卻一直沒有把它放進我的寫作計畫裡，只是總在寫某個故事寫到累的夜裡，偶爾想起它渺小的存在，然後，感嘆地碎碎唸起來，「有一天我一定要不計較文筆好壞，並且抱持著不奢望出版的放肆心情來寫《盛夏の樹》這部小說！」

就這樣，年復一年，從第一部小說《雨天的呢喃》到上一部小說《天空很近的城市》，直到我的部落格出現了，「貓咪姊，我是看妳的小說長大的耶！」這類的留言，當望見了那個「姐」字輩的稱呼，這才驚覺時光飛逝、歲月如梭，這部小說始終掛在我的心上，卻怎麼都沒有真正動筆去寫它，這未免也太對不起故事中的主角機車男和慕心了吧！

「好，就是它了！」

於是乎，在正經八百地寫完上一部小說，交稿之後，我鬆開所有緊繃的神經，蹺著二郎腿做了這樣的決定。

這段寫作期間，我不但沒有以往寫到揪頭髮頻抓狂的失態模樣，反而只要想到機車男和慕心的最新發展，就會忍不住自己偷笑起來，自 high 的程度可能讓身旁的人誤以為我八成中了樂透吧。

這部小說寫得霹靂快，也許因為我的確是展露了本性，用自己真實的性格來寫故事中的女主角慕心，而慕心到底是怎樣的個性呢？呵呵，就請各位讀者自行往下翻頁開始閱讀故事囉！

對了，慕心有交代，有空要來東勢玩喲！（笑）

貓咪詩人 台中東勢

01

繁星點點。

仲夏夜裡，如詩如夢的場景。

張至迅擁著我，而我依偎在他懷裡，徐徐微風吹拂著我的頭髮，搔過我的臉龐，哎呀，好癢啊！我於是俏皮地將髮絲撩起，偷襲那厚實的胸膛。

他不堪搔癢，一個反手動作，從背後緊緊抱住了我。

「永遠在一起，好不好？」

我安靜，故意默不作答，要看他心急的樣子，天知道我多麼愛他……

沒等我的回答，也像是知道我一定會答應，他俯身，深情吻住我。

這秒，即刻間化爲永恆。

「二姊、二姊？」

我錯愕得來不及反應，耳邊已經有人大叫，「劉慕心，起床啦！」

我惺忪的視線裡盡是弟弟天使般的可愛臉龐，雖然他此刻的舉止很不天使。他正伸出修長的美腳踢在我側睡的翹臀上，一下、兩下、三下……

「妳的鬧鐘到底是要叫妳起床還是要叫我的啦？」

「至迅……」

我還沒完全清醒，嘴邊仍喃喃著「前男友」的名字。仍然會夢見和張至迅如學生時期般在浪漫夜空下散步的畫面，直到天使般可愛的弟弟踢到第八下，我搗著發疼的屁股終於醒來，才發現時間已經全然不在我掌控之中。

天哪，今天是前男友張至迅的婚禮耶，而我竟然就要遲到了！

匆匆換好衣服再套上高跟鞋，也來不及等公車、搭公車了。在東勢這樣純樸勤儉的小鎮上，小黃並不像在都市一樣滿街跑，我還得搗著仍隱隱作痛的屁股，拜託天使般的可愛弟弟載我到車站，再轉搭小黃，盡速直達婚禮會場。

「喔，妳這什麼鬼樣子啊？有需要爲了一個男人搞成這樣嗎？」

「不是啦！」

在會合的地方碰面時，摯友尹婕先是對我這副邋遢德性傻眼，半晌才回神，氣急敗壞地大吼大叫起來，立刻把我拉到洗手間進行改造。

「不是？那是怎樣？是從東勢那個深山來會場的途中遇到山賊了嗎？」

身爲都市小孩的尹婕，總覺得東勢是有老虎或台灣黑熊出沒的原始叢林。我試著解釋過幾次，告訴她，東勢很繁榮，有麥當勞還有85度C，一點也不落後的。

她深深忖度過後，問了我，那裡的麥當勞和85度C是用茅草和泥巴蓋的嗎？麥當勞的供應餐點是山豬肉套餐嗎？

「我是坐計程車來的啦，也沒有遇到山賊！講過幾次了，東勢才不像妳以爲的那種窮鄉僻壤……」

尹婕沒有興趣也懶得聽我解釋，逕自掏出她隨身攜帶的百寶箱，準備替我打上底妝。她端著粉底盒，就等我把素顏送上。

「哎呀，我早上睡過頭了啦，所以才來不及化妝的。」閉上眼睛，我頗無奈地吐出原因。

「拜託，」尹婕則怪叫起來，「交往多年的男人要結婚，新娘不是妳，這樣妳還睡得著唷？」

「我……」

是啊，我還夢見那個負心漢了呢。

夢見我們還像最初的時候那樣甜蜜依偎著，在星光熠熠的夏夜裡，說好要永遠在一起，誰都不要離開誰的。

我頓時語塞，說不出話來，伸手拿了濃密型的睫毛膏，這瞬，只得把哀怨惱意都發洩在睫毛上面。

「去去去，手走開，都這個節骨眼了還刷什麼睫毛膏？」尹婕嫌棄地推開我，擅自將纖長濃密得像扇子般的假睫毛堆到我的眼皮上。

「尹婕……」

我的手沒處可放，只能扯扯自己不太柔順的頭髮，本來想上個電捲棒的嘛，結果因為睡過頭，也根本來不及整理。

「幹麼幹麼？現在少給我來耍感動這招，我自己知道我是百年難得一見的忠心摯友！眼淚給我收回去，喂喂，妝要花了啦！」

吸吸鼻子，「過敏咩。」我才沒有要哭！

尤其是今天，我更要自己不哭，我至少還想保有僅剩的小小自尊，讓張至迅知道，即使沒有他在身邊，我還是很堅強。

「最好是啦，認識妳八百多年了，現在才知道妳會過敏？來，手再借過一下，這什麼鳥窩頭呀？頭髮裡面養了鳥嗎？」

沒空理會我亂七八糟的感動，尹婕又從她的百寶箱變出電捲棒，經過她大師級的巧手改造，沒多久，我已經變身完成。

站在光暈柔和的化妝鏡前，剛剛那個睡過頭的怨婦已不復存在，我打量鏡中的自己，深邃五官加上媚惑的電眼，這樣的裝扮，在男人面前算是頗有誘惑性的了。

最後，尹婕滿意地整整我的胸口，適度拉低了我身上原本就低胸設計的小禮服。

「哼！就要讓張至迅那個賤男人知道什麼叫後悔！」

進入宴客會場，尹婕評論起來。

「這麼大的場地，看來至少有七八十桌，這個尊爵廳是這間飯店最華麗頂級的，而且，聽說還有什麼超炫的升降舞臺，新人可以像巨星開演唱會般降落出場。這個張至迅啊，大概眞的娶到一座小金礦，不然，憑他那副窮酸樣，哪可能負擔起這種排場？」

大剌剌的尹婕，殊不知她這樣的評論直擊我敏感脆弱的心頭。沒有爭辯著我在東勢也算是好人家的女兒，我爸爸是鎮上小學的訓導主任耶。雖然他已經退休，可是走在路上都還會被認出來，賣菜賣豬肉的遇到他都還會主動打折呢！張至迅怎麼不選我？

我沒說出口，不想再自取其辱，畢竟，張至迅老婆娘家的確有座金礦山呢。

音樂落下，司儀宣布新人進場。登時，我的心好像被什麼緊緊揪著，突然無法正常呼吸，甚至我不敢多看一眼，不敢多看那畫面：美麗新娘身穿純潔白紗，小鳥依人地挽著張至迅的手，緩緩向前，再向前，對著紅毯邊坐在席位上的客人微笑示意，直到經過我眼前，漸行漸遠，走到最前頭，上了屬於他們兩人舞台，舉杯，要賓客祝福他們長長久久、百年好合。

而我，是永永遠遠錯過張至迅的人生了。

於是怔著，也傻著。

不知道自己幹麼要故作堅強來參加他的婚禮，眼睜睜望著那原本該是我站的位置，原本該是我穿著那樣長長拖尾的漂亮白紗，挽著張至迅的手，笑著接受大家祝福的。

我沒有哭，只是，不知怎地，視線透著薄薄的霧氣。

新娘瞬間的幸福笑靨，真的好美。

「尹婕，」噙著淚，我覺得自己好可笑，好難堪。「我不認爲張至迅會後悔。」

「可惡，早知道他老婆這麼年輕、這麼正，就該把妳的妝化得更濃一點！」尹婕倒是憤憤不平，她話鋒一轉，「還好，我有B計畫。」

邊說，她從百寶箱摸出隨身瓶裝的透明液體，一邊發出邪念地嘿嘿笑著。

「那是什麼？妳要幹麼？別亂來喔！」

檢視尹婕得意洋洋的笑意，我忍不住想像力豐富地聯想到社會新聞以頭條的方式大篇幅報導，某件事是感情糾紛引發的潑硫酸悲劇……

不會吧……

「這卸妝油啊，我等一下就趁他們過來敬酒的時候假裝跌倒，灑在新娘臉上，看她那張嬌嫩的臉孔還美不美麗。」尹婕朝我眨眨眼，一副萬事包在她身上的篤定，「我這瓶可是快速溶解彩妝型的喔！」

「別鬧了啦……」

按住衝動行事的尹婕，我知道她是爲了逗我笑的，應該是吧。大概？

只是，再回眸，望望張至迅……

「永遠在一起，好不好？」

明明是他對我說的，而今卻……

低頭，凝視自己落了空的手，他說要牽著我的手，永遠永遠在一起的啊。

卻怎麼會……

「分手吧，我愛上別人了。」

「雅婷，之前的那個學妹，她懷孕了，我們打算結婚。」

「慕心，我希望得到妳的祝福。」

他說希望得到我的諒解，希望我的由衷祝福，於是，我來了，就在他完成婚禮儀式，宴客的這天，穿著自己最美的小禮服，打扮得時髦美麗，期盼還有轉圜餘地……

「來了來了，新人來敬酒了！」

幾個大男生鼓譟起來，很幼稚地非要玩起那個老套的遊戲，在酒裡加入醬油芥末等等調味料塞給新郎喝。尹婕明明不認識人家，卻硬是上前搭訕，雙手奉上那瓶卸妝油，說也要加在裡面，包準美味無窮！

別鬧了啦，話哽著，我說不出來。

張至迅和他摯愛的新娘雅婷學妹已經來到這桌，向大家敬酒。

長輩們和媒人正說些感謝的話，其他人也按照慣例獻上祝福，張至迅在熙攘笑鬧的人群中，終於望見了我。

祝你們白頭偕老。

最後，我說不出「祝福你們」，就連其他的話我也完全沒能說上。他匆匆敬酒過後，敬而遠之地逃離。

不是要我諒解，要我祝福你的嗎？

我眞的好傻。

「嘿！」尹婕倒是沒在怕，她跨出步伐，「新郎，我還沒和你喝一杯呢，別急著跑啊！」

卻沒有人理會她，敬酒的步調迅速依舊，畢竟得敬個好幾十桌，對吧？

我把尹婕拉回座位上，「回來了啦。」

「他不是說，等妳來了就會親自和新娘跟妳乾一杯的嗎？」尹婕還不自制地嚷嚷，引來同桌的客人側目，「賤男人、這個賤男人，娶到金礦山了不起啊？祝你們沒幾年就敗光光……」

握著手裡原本期待與張至迅乾杯的酒，我安靜坐回自己不起眼的位置上。

「我早該戒掉這個已經不屬於我的男人的。」

02

「到東勢，一張票，謝謝。」

「小姐，車票漲價了耶，妳才投那幾個銅板夠嗎？」

「不是六十四元嗎？」

「那是八百年前的價錢了啦，現在都漲到八十一塊了！」

「是這樣啊，抱歉、抱歉啊！」

一上公車，我就惹了這麼個笑話。車上其他乘客紛紛投以奇異的眼光，受不了那樣的注目，補足車資後，我趕緊逃難似地奔往車上的最末座。

眞的好丟臉。

剛坐定位，旁邊的阿伯還不停打量我，一臉色胚樣，讓人看了就渾身不舒服。我開始想，要是他敢對我怎麼樣，一定要抵死不從捍衛我的清白。看他年紀這麼大了，要打架，我應該也有些勝算才對，葉問這部電影都看了好幾遍，詠春拳……呃，還沒學會。

好吧，務實點，至少我還會獅吼功，到時候，要是他敢來動手動腳，我一定扯破喉嚨大喊「色狼」，讓司機先生攆著他到警察局伏首認罪。

一定要……

唉。

我知道，穿著華麗的低胸小禮服來搭公車，的確相當詭異，再加上剛剛那段對話，不惹人側目才怪。但是我失業啊，又爲了要參加前男友的婚禮，重金打造今天這身名媛系行頭。最後，摸著這下乾癟得可憐的錢包，還眞的沒有多餘的閒錢可以供自己連回程都搭乘小黃了。

最慘的是，因爲不是眞的失業，是我自己自願性的離職，所以就連最基本的遣散費和補助津貼都沒有分。

「妳眞的要爲了那個賤男人離開打拚這麼多年的公司？都已經做到歐洲線的業務組長了耶！」

當時，我塡完離職表，尹婕瞪大眼睛那副難以置信的表情還映在我的眼底。

「嗯。」只是，我的堅決是怎樣也不會改變的。

「幹麼要走？做出見不得人的虧心事的又不是妳，是那個賤男人負心漢耶，而且他都要離職了不是嗎？」

「對。」

「那妳到底爲什麼要走？」

那個時候，面對尹婕眼珠子都要掉下來的樣子，彷彿我做了全世界最愚蠢的決定。

然而，我卻沒有說明，我不想留在這裡，是不想面對同事同情的眼光，不想聽見他們矯情的安慰，更不想要聽見那些自以爲是爲了我好的惡毒詛咒。

慕心，那不是妳的錯！

沒關係，下一個男人會更好！

該死的劈腿男，他和那個臭小三一定不會有好結局的！

這些，都只會讓我覺得自己更難堪而已。

總之，就是這樣，趁著這幾年流行起來的「無薪假」風潮，騙爸媽說我正在放假，加上之前沒休完的假都累加起來，所以就變成放暑假，兩個月，聽起來似乎很合理。

公車緩慢地駛在回家途中，懸在半空供乘客抓握的吊環隨著車速一路搖搖晃晃地擺動著。密閉的空間裡充斥著公車上特有的氣味，雖然並不好聞，卻也有種說不上來的懷舊感。

學生時期，時常搭公車到豐原轉搭火車回學校，也有時候，和同學約著要到台中逛街，一起搭公車。出了社會後，反而很少機會再搭乘大眾交通工具。

這條公車路線上，我安靜凝視窗外流轉的街景，林林總總的店家與新穎招牌都竄了出來，取代那些我所認識的、熟悉的老字號。前座身穿高中制服的學生們打打鬧鬧的嬉笑聲音突然大了起來，我恍然地想，和張至迅相識就是在那樣的年紀啊。只是，距離如此笑顏燦爛的青春歲月，好像眞的很遠了。

經過豐原，那個一臉色瞇瞇的阿伯終於拍拍屁股準備下車。離開座位前，還不捨地回頭，深情多望了我兩眼。

是怎樣？再看？再看我就要報警了唷！

當然，我沒逞凶鬥狠的本領，這只是我心裡無聲的吶喊罷了。

過了豐原車站，車上的乘客明顯變少，再過一會兒，窗外的華廈大樓密度逐轉降低，撥雲見日般地，我看見了明淨如洗的長空，路邊綠意盎然的果園一一進入眼底。公車終於駛過東勢大橋，每每經過這裡，我總會認眞檢視這座被群山環繞的迷人小鎮，有種「啊，終於回家了」的舒服愜意。

公車到站，我恍惚地下車，站在路邊，直到又惹來一陣側目，這才遲鈍地想起，唉呀，眞是失策了我，應該在快到站時就打電話給我那個天使般的可愛弟弟，要他來接姊姊回家的啊。

事不宜遲，我立刻拿起手機求救。只是，再怎麼撥號，回應我的都是千篇一律沒人應答的嘟嘟聲。

不信邪地再撥可愛弟弟的手機，他根本沒有開機。

「不會吧……」

眺望我家的方向，保守估計步行需要四十分鐘的路程，想到這裡，就感到莫名地腿軟啊……

拖著無力的步伐，一步一步邁向我想望的溫馨的家，不妙的感覺突然從腳底竄上。怎麼辦，好想上廁所。

不死心地再撥回家，還是一樣沒有人接。

頓時，我有種無語問蒼天的淒涼。

邊走，一再路過便利商店我都無法將就地解放，沒辦法，潔癖使然，我實在無法在外面如廁。邊走，除了陣陣逼人的尿意，腳上那雙閃亮奪目的高跟鞋更讓我每走一步就痛徹心扉，唷，心情眞的很不美麗。

好想趕快到家啊！抱持著這樣的信念，我幾乎是閉著眼睛在苦撐暴走的。

猛地，刺耳的剎車聲讓我不得不跟著駐足。張眼，一個機車男已經擋在我面前，距離相當貼近。

他差點撞到我！

「喂，你騎車不看路的呀！」

算他倒楣。

本來我是生性膽小，息事寧人的溫馴個性，但眞的因爲今天倒楣透頂，只差沒有下雨被雷劈到而已了，這秒，情緒再也壓抑不住地瞬間失控，指著對方鼻子就破口大叫。

這個看來也沒有多好運的騎士聳聳肩，也無奈遇見我這個潑婦罵街，溫呑呑解釋，「小姐，可是，是妳闖紅燈的耶！」

好像眞的是我不對耶……

睨了他一眼，才不管，今天堵到我算你運氣差啦，「我有急事呀，你看過救護車閃著警鈴還停下來等紅燈的嗎？」

他想了想，好像也覺得滿有道理的樣子，半晌，竟然開口邀約，「那，我載妳一程吧？」

嗯？沒想到這個騎士是這般反應，我也愣了一秒，隨即搖頭。

「不用了。」我說。

我怎麼知道你不是壞人？

這下，他倒聰明，看穿了我的心思，「放心，我不是壞人。而且，我們東勢這個民風純樸的鎮上哪有壞人啊。」

我哼了一聲，話是沒錯。

「上車吧，看妳的樣子，不像東勢人啊。」他自顧自地停下車，要找安全帽給我。

我還是沒有說話。而且，我有說要讓他載嗎？

「來這裡玩嗎？還是來找人？」

我冷著臉，接下他好心遞來的安全帽。

「麻煩左轉三民街，直走到東崎街左轉，過東勢國中停車。」

「唷，妳是東勢人。」

就這樣，我和這個莫名其妙的機車男就此開啓一段機車奇緣。當然，那時我還不知道。當時，我只是很努力地憋尿中。

總之，他還眞的是個好人。

乖乖地騎車，沒有刻意吃豆腐的急剎車或是繞路，我說什麼他照做，安然地將我載到我家巷口。

「嘿，我們可以做個朋友啊，妳叫什麼名字？」

我沒回頭，只是瀟灑地繼續向前走。

天呀，又一個被我沉魚落雁般的美貌迷倒的臭小子！這大概是尹婕早上努力幫我化妝的功勞吧。

於是，我很囂張地回答他。

「關你屁事！」

03

參加完張至迅的婚禮，我把小禮服送洗後，決定收起來了。手指滑過微微發亮的精緻質料，低胸設計的領口以及飽和的寶藍色調眞的很漂亮，只是……

這件禮服，我發誓再也不拿出來穿了。

再留戀地回望小禮服一眼，最後，迅速將它收在我最不常去拉開的抽屜深處，好像只要這麼做，就可以忘掉自己曾經穿過那樣的小禮服去參加前男友婚禮，好像那樣的記憶從不存在一樣。

只是自欺欺人罷了，我知道。

我，劉慕心，大學畢業後順利進入科技公司，一路從最冷門的歐洲線小業務當到組長，張至迅退伍後，我也把他介紹進來，本來以為人生就此一帆風順，大家也都看好我們兩個，最後他要結婚了而新娘不是我。

直到現在我還想不透，怎麼這麼可笑的電視劇劇情會真的落在我身上。

於是，辭了工作，關上手機，謝絕同事的關心，我只告訴尹婕，我要回老家休息一陣子，等心情平復理出個頭緒再說。

只是，真能理出個頭緒出來嗎？

他都結婚了，此刻應該在某個蜜月勝地度假吧，我卻還不願意面對張至迅已經結婚的事實。

他是我的初戀耶，是我從十七八歲情竇初開的年紀就一直喜歡的人，也是我曾經論及婚嫁的人，更或許是我生命中最後一個男人了。唉，我看我乾脆出家算了！

想想，頹然地一屁股坐在房間地板上，隨手抽了一本書櫃底層的相本，上面蓋著厚厚的灰，好些年沒有來翻翻小時候的照片了。

就這樣，我一時興起，找出了一本又一本陳舊泛黃的相本，一頁又一頁看著，忽地，視線停留在一張照片上，那是國小時期，一個小男生模仿我動作場景。

他叫王諾騫，是我小一到小四的同學。

會和這個傢伙成爲好朋友，是在一年級的第一堂國語課上。老師要我們學寫自己的名字，偏偏，像被爸媽開了玩笑似的，我們姓名的筆畫繁複，寫起來比別人都要費時許多，對於那時剛學寫字的我們更是雪上加霜地爲難。

我單寫一個劉字，隔壁的李小玉都差不多把自己的姓名寫完了。

等我寫到慕字時，連坐後面的陳心怡也把自己姓名寫好了。

我察覺不妙，怎麼只剩下我一個人還沒有寫完，這時候，有個正冒著汗跟我一樣緊張的傢伙眼神與我對上。偷瞄了一眼，他作業簿上進度跟我一樣。

於是，我們兩個誰也不願意成爲班上最後寫完名字的那一個。猛低下頭，還好我的心字匆匆畫個四筆就能完成。

那傢伙瞧我得意地奸笑，頓時放聲大哭。老師聞聲上前關切，我才知道，這個愛哭鬼名叫王諾騫。

嘖嘖，王諾騫耶，那個騫字看起來好複雜唷！這愛哭鬼比我還倒楣，本來以爲我的名字筆畫夠多了，他竟然還略勝一籌，這就是當年，我對那傢伙的第一印象。

不料，這個名字帶來的麻煩還不只這樣，直到升上三年級，班上幾個幼稚的男同學老愛拿這個愛哭鬼的名字作文章取笑。

「哈哈，王諾『賽』，落賽的賽！你落屎！」

「嗚，我不是，我不是！」而這個愛哭鬼直到三年級始終沒有長大，老是在臉上掛著眼淚鼻涕的可憐兮兮樣。

最後，念在我們都是姓名筆畫複雜的可憐人分上，我俠女般地大步一跨，擋在小媳婦似的王諾騫前面。

「他叫王諾騫，張騫通西域的騫。麻煩多念一點書，不要滿嘴都是屎，你愛吃屎唷？」

「才沒有！」被我詞嚴義正地駁斥，幾個男同學紛紛面紅耳赤，缺乏我這種伶牙利嘴的天分，也只能吞吞口水，瞪著眼睛乖乖閉嘴。

「哼，那你們以後就少叫錯別人的名字！」

如此這般，我成爲了王諾騫的大姊頭。爲了答謝我，那陣子他還好認眞地打算要以身相許。

「謝謝妳，我以後要娶小霸王劉慕心。」

「可是我不想嫁給你這個愛哭鬼耶！」

那時候，我就這麼帥氣地回絕掉這門親事，如今，已經到了眞正可以嫁娶的年紀了卻……

放下手中的照片，不由得幽幽深歎。

我不懂，爲什麼長大了，很多事情都變得複雜了？

夏季天亮得特別早，隔日起床，窗外是透明清澈的晴空，我睜著惺忪視線，望向這樣的好天氣，還在掙扎要不要起床。

翻個身，心裡淨咕噥怎麼這一覺睡得腰痠背痛，想再拉拉被子，卻什麼都搆不到，只碰著許多硬邦邦的相本，如骨牌效應般應聲散落一地。

嗯？懶洋洋地將目光移至那堆散亂的相本，才想起來昨天看照片看到睡著。

難怪，在這堅硬的木質地板睡上一晚，再怎麼身強體壯的人都會唉唉叫的，更何況我這個破爛身體。

於是我不得不起床，大清早的，才八點半，我聽見樓下已經不怎麼平靜，爸爸爽朗的笑聲和媽媽肺活量甚好的話語聲高談闊論此起彼落的。

家裡有客人？

走到廁所，我一邊擠出牙膏刷牙，一邊想著爸媽退休後也眞是好客，常常走在路上或在運動散步的途中，還有登山健走時，都能認識很多志同道合的人，並且進一步的成爲常來家裡泡茶的好友。這些人也多半都是教育界的，不是哪個小學的退休主任，就是哪個國中高中的任職老師。

我也覺得很奇妙，這小小的東勢鎭上，哪來這麼多當老師的啊？

總之，等等下樓我就默默繞去廚房偷個早餐吃就好，才不要傻傻地拋頭露面的，還得賣笑。

打定主意，我身手矯捷宛若飛賊般地溜下樓。很好，爸爸媽媽和不知道哪裡認識的客人都聚在客廳，我一點也不客氣，大搖大擺走進廚房，先倒了一杯冰牛奶，再找到一顆肉鬆口味的炸彈麵包，偶洗番！

「啊！」才要再度默默回到樓上房間享用早餐，一個轉身，我見鬼似地尖叫出來。

「啊！」那個始作俑者的「鬼」則爲了搶救我幾乎灑落的牛奶，跟著尖叫出來。

來不及了，牛奶灑了一地，而「偶洗番」的炸彈麵包已經不知道什麼時候被我鬆手掉到地上，滾到餐桌底下。而我，我覺得我的下巴也快掉下來了！

「什麼事？什麼事？」

這時，天使般可愛的弟弟左手拿掃把、右手拿拖鞋地從離我們最近的廁所衝出來，問我是有壞人還是有小強。

我指著機車男，終於反應過來，「爲什麼你會在我們家！」

「慕心啊，怎麼這麼沒禮貌，起床也不先跟客人問聲好。」媽媽不知道什麼出現的，一手搶下我的杯子，另一手則忙著奪走機車男已經拿來的拖把。

「師母，我來就好。」我冷眼旁觀，嘿啊，這麼賢慧的話，就讓他來拖地就好了。

嗯？師母……

這麼稱呼，難道他是爸爸的學生？

現在是怎樣啊？我瞄了弟弟一眼，還想從他那邊得到些暗示或是資訊，媽媽正示意弟弟來幫忙收拾殘局，「慕翃，這裡先幫忙拖一拖，慕心還沒跟老師們打招呼呢。」

哈，猜對了吧，又是老師們的聚會。但是，這機車男怎麼會在這裡呀？

他還跟在我的旁邊，和媽媽有說有笑的樣子，看得我一肚子莫名其妙，卻也只能悶不吭聲，又不是要嫁來我們家當媳婦的，幹麼對我媽像討好婆婆一樣？

「妹妹，這是王老師，」媽媽邊走過短短的迴廊，堆起笑容邊介紹，「王老師，這是我們家老二慕心，年紀跟你差不多大唷。」

唷？原來是老王啊……

我頗不屑地點點頭，媽媽繼續說道：「今天來的幾位老師都是學校的後輩，有一兩位很年輕的，你們可以交個朋友！」

「才不……」

才不要！我最討厭當老師的了。我一臉抗拒，還沒說完，就被媽媽拎走了。

「這是陳老師！」

唷，小陳哪。

「這是李老師！」

啊，小李子嘛，跪安吧。

「還有，這位妳認識啊，小時候教過妳的徐老師啊！」

媽媽真的很忙耶，我實在是有點招架不住，心裡已經在大聲呼救了，臉上還得擺出知書達禮，甜美可人的笑靨，「徐老師，這是慕心啊，以前在國樂班是你帶的！」

「哎呀，這是慕心嗎？姊姊慕綺也是我帶的啊，都這麼大啦，長大變漂亮了呢，小時候，慕心就是班上的小可愛……」

哼，最好是。

會這麼討厭老師，還不是因爲四年級那年考上了學校設立的國樂班。說是國樂班，卻也是傳說中的資優班。於是，從小就看不慣這位爲人師表的徐老師偏心寵愛那些不是功課特優琴拉得好，就是家中富裕出資闊綽的學生。

至於我這種功課平庸又財力不足的，自然不得老師的緣，就會往灰暗中生灰塵的角落搬椅子坐了。

這樣說來，這位爲人師表對我當年幼小的心靈還眞的傷害頗大耶。

總之，輪流寒暄過一遍，當老師們的話題再度開啓，我終於可以默默退到廚房去找尋剛剛滾到桌底下的那顆炸彈麵包。那可是我的早餐耶！只是，背後怎麼還有股涼颼颼的寒意，甩都甩不掉？

「關小姐、關小姐妳在……」我都已經趴在地上了，這機車男還緊緊跟在我的身後學我的動作，也跟著趴下。

「誰是關小姐啊？」我將臉緊貼地板，目光四處搜尋麵包的下落。

「妳啊。」

「小姐我姓劉你不知道嗎？」這下我被弄得不耐煩，乾脆起身看著他。

而他好無辜的樣子，「知道啊，可是……」

「可是什麼？」我失了耐性，幾乎是低吼著。

他不知道肚子餓會讓人脾氣暴躁嗎？

「因爲上次我問妳叫什麼名字，妳回答我……」

他話沒說完，倒是自己說著說著噗哧笑了。

這傢伙笑起來像極了無害的小動物，是滿可愛的啦，但現在我眞是餓昏了，沒有閒情逸致再多加欣賞或憐惜。

「因爲上次你問我的名字我回答你……？」

同時，我也想起來了。

那時候，我回答他「關你屁事」，所以他才會關小姐長關小姐短地叫。

這個機車男是專程來找碴的嗎？

我於是狠狠瞪著他，「你到底要幹麼啦？」

「在找這個嗎？」他才從桌上遞給我牽掛已久的炸彈麵包。「剛剛掉下去的時候我就先撿起來了。妳很餓喔？」

我已經不用吃炸彈麵包了。

就算不用引燃，我都會被這傢伙弄得倒數三秒應聲爆炸了！

04

不知道為什麼。

不知道為什麼，那個機車男老王三天兩頭地出現在我家客廳和廚房，一副要嫁我家當媳婦的模樣，一下陪著爸爸泡茶聊天相談甚歡，一下子又跟在媽媽屁股後面猛稱讚她菜做得多好。不知道為什麼，機車男老王的名字會這麼耳熟，左思右想，我卻全然想不起來在哪裡聽過。

聽說，他的名字叫做王諾軒。

總之，我對這個不用引燃都能把我惹到爆炸的傢伙實在沒有太大的興趣，於是，也似乎沒什麼深究的必要。

「早安，關小姐！」某個尋常早晨。

這個機車男老王出現在採光充足的樓梯口，颯爽陽光投射在他朗朗笑著的臉龐與身上，這傢伙沐浴在晨光中，有那麼短暫的瞬間看起來閃閃動人，柔軟蓬鬆的頭髮是深巧克力色，和那雙精神奕奕的眼睛有著說不出的契合好看。

咦？好看？

揉揉眼睛，我趕緊回神，這是機車男耶，我怎麼會覺得好看？
一定是還沒有睡醒。
於是，假裝他不是和我打招呼地默默掠過，找尋我可愛的早餐去了。
「おはよう，關小姐！」某個尋常早晨的隔日。
「Good morning，關小姐！」某個尋常早晨的兩天後。
「Guten morgen，關小姐！」某個尋常早晨的四天後。
這天是週末，這機車男老王真的很常來我們家耶！
儘管他用我所熟悉的德文向我微笑道早安，我仍然無法像他對我那樣熱情，只能面無表情地睨了這傢伙兩秒，現在是怎樣？
見我難得有反應，他笑嘻嘻地迎合，「聽說妳是歐洲線的業務組長，我特地學了兩句德文！」
「嗯。」所以，現在是要摸摸他的頭，誇他好學不倦嗎？
我又不是他們那群「至聖先師」！
「對了，等一下要和老師師母去騎腳踏車耶，要不要一起去？」
我假裝沒聽見，嘴上咬著肉鬆口味的炸彈麵包，正是偶洗番的口味呢，我端起牛奶走到客廳，一邊翻著報紙，一邊讀起週末版特刊，對於那傢伙的邀約相當漠然。

「剛剛師母問過慕翃，他好像也有要一起去！」

他亦步亦趨地跟著來到我家客廳，在我旁邊的空位，俯身將頭倚靠在桌上，神情無辜地瞅著我，這個樣子還眞有點裝可愛的嫌疑。

距離太近了，我看不出來他到底是厚臉皮呢，還是很眞誠。「怎麼樣？要不要一起？要不要嘛？」

輕啜一小口牛奶，我忙著將報紙翻頁，「我很忙。」

「這樣啊，」他的語氣掩不住失望，「眞可惜，今天天氣很好耶，騎去后里還可以在那裡野餐！」

再咬了一口炸彈麵包，肉鬆牽絲眞的好美味哪，我兀自沉浸在早餐的美味，實在對於拒絕機車男沒有絲毫的抱歉。

「咳。」

這個時候，爸爸從報紙縫隙之間冒出權威的聲音。

「對，她很忙，早上都睡得很晚才起床，忙著每天吃飯睡覺上網，又不趁這段空檔和張至迅趕快把婚結一結，都已經快三十歲了還像個小孩子一樣……」

媽媽聽到，趕緊從廚房跑出來接力，手上還拿著抹布邊說邊揮舞，無論表情還是舉止都是一等一地生動，「對呀，她姊姊在她這個年紀早就生小孩了，還三胞胎呢！」

拜託，媽，這妳講八百次了啦，我騰出手指，想算出媽媽講過的次數，爸爸又把發言權搶回來。

「都放無薪假了還有什麼好忙的，說到忙，我退休了都比妳忙，還忙得比妳更有意義呢。」

「不然是要怎樣啦？」被爸爸媽媽唸到不開心，我扔下手中的報紙，賭氣地把剩下的麵包全塞進嘴裡。

「這樣吧，」機車男打圓場開口提議，「我在學校暑期服輔導每星期四有兩堂瘋狂科學的課，原來的助理張老師待產去了，妳要不要過來幫忙啊？挺好玩的喔！」

什麼？什麼科學？說到科學，我只會聯想到科學麵啦！

才想搖頭拒絕，兩道嚴峻的目光已然朝我投視而來。頓時，我充滿壓力地定住，爸爸媽媽不容我說不的表情擺在眼前，最後我都只能含淚默默接受。

如此這般，星期四清早，當我被機車男帶到教室門口，還是顯得恍惚。

「阿諾老師，早！」

一走進教室，幾個學生便熱情地打招呼，眞是怎樣的老師教出怎樣的學生啊。

「早，你們都吃早餐了沒啊？」

這機車男相當熱切地寒暄起來，並沒有以師爲尊的欠揍模樣，反而說著說著便和幾個男孩子打打鬧鬧的，倒有幾分孩子王的威風。

「咦？她是誰啊？」

直到有人問起，機車男這才想到要向班上同學介紹被晾在旁邊很久的我。瞧他頗抱歉地朝我咧嘴笑，樣子有幾分傻，頓時，怎麼也無法跟他計較，算了，原諒他。

「這是我們特聘的正妹老師，以後瘋狂科學課都會有這位正妹老師來擔任我的助理喔！」

呿，以爲強調兩次「正妹」，我就會心花怒放到立刻放下敵意跟他變成好朋友嗎？這傢伙的腦袋會不會太天眞了一點？等等，我有聽錯嗎？什麼叫作以後瘋狂科學都有這位……

我有這麼踴躍報名說我下次還要來嗎？

沒有空檔理會我的狐疑，機車男已經講解起組裝燈泡的細節了。

高年級的同學下課後，下一班則換成中低年級的小朋友。這班的氣氛可愛多了，甚至有兩個小女生黏在我腳邊打轉，直嚷著要我抱抱。

這堂課的上課內容是自製竹蜻蜓，小朋友邊彩繪著竹片，邊和我聊了起來。

「小心心老師，阿諾老師叫我問妳可不可以當他的女朋友！」

沒料到這些小朋友這麼鬼靈精怪，頓時，我不知道怎麼回答，倒是機車男紅著臉先跳出來，「喂，哪有？是你自己先問我可不可以追她的好不好……」

他還很認眞地解釋，「人家小心心老師已經有男朋友了啦，再說，胖虎，你年紀還太小，還不能追女生啦，等你長大一點好不好？」

胖虎？我默默打量這小朋友圓滾滾的肚皮，忍不住噗哧笑出來。

「我現在已經很大了耶！」小胖虎不認輸，硬是挺出他那座小山一樣的肚皮。

「話是沒錯啦，」眼見這小胖虎如此痴情，機車男立刻拉住我，「可惜小心心老師已經有男朋友了。阿諾老師說過，不可以搶別人的女朋友，不然就是什麼？」

這小胖虎失戀的樣子好可憐啊，他扁著嘴，有默契地接話，「沒義氣、不道德！」

「對吧，這樣才是正港的男子漢，我們胖虎是眞正的男子漢呢。」

說著說著，小胖虎破涕為笑，轉過來對我說：「那，小心心老師，妳男朋友有我這麼帥嗎？」

嗯？男朋友？在哪裡？

這才悲哀地想起，小胖虎說的是那個該死的張至迅。

鈴聲響後，直到下課，一邊幫忙收拾教室關窗戶，不知怎地，機車男又提起了同樣的話題，語帶歉意地解釋。

「對不起，小朋友就是這樣，想到什麼說什麼。可是，我沒有對妳打什麼歪主意喔，也不像胖虎說的那樣想追求妳喔，我知道妳已經有個很棒的男朋友了，每次和老師聊到，他都會說這個準女婿有多厲害，在大公司當主管，常常要到美國和歐洲出差參展，超強的……」

不知爲什麼，當機車男近乎歎息地眞誠地說道，我的眼淚幾乎不聽使喚地淌落，爲什麼要用這麼崇拜的表情，羨慕一個完全不認識的人？

更遑論那個人還是大渾蛋一枚！

吸吸鼻子，爲了不讓機車男撞見我的淚水與哀愁，我故作沒事地用手背抹去我突如其來的脆弱，刻意擺出嬉皮笑臉的痞樣，有時候，這種討人厭的輕浮樣子是最好掩飾自己的僞裝。

「唉啊，你也用不著這麼羨慕吧，你也過得超好了，公務人員耶，哪有人像你們這樣能邊放寒暑假還領薪水的？而且，暑假還可以飛去歐洲或美國度假耶，人家是要出差工作才能出國，你還是專程去度假的耶……」

「怎麼覺得被妳說得酸溜溜的啊，我是眞的很認眞這麼認爲耶，妳的男朋友一定是一個超棒超優秀的男人，得要擁有那樣的條件，才能和妳這麼可愛又漂亮的女朋友交往啊！」

我登時安靜下來。

他如此純粹率眞地說，像是說著今天天氣好熱那般的眞實，毫無心機或是吹捧的樣子，是那麼良善溫煦。儘管爲我稍來了一陣心暖，我卻因爲自己卑劣的防備而感到扎刺的疼楚。

可是，機車男，你不知道，張至迅其實是個爛貨。

而我，也並不如你所說的可愛。

直到教室上鎖，在離開學校前，我們兩個都沒有再開口交談。

我隨意瀏覽著這個既陌生又熟悉的校園，雖然是我們就讀的母校，但九二一地震倒塌之後就由慈濟贊助重建工程。現在的校園建築是灰色調的，並不像一般小學那樣色彩鮮明，雖然儉樸，倒也顯得靜謐文雅。

牽了機車，我們經過校門口的守衛室，守衛先生遠遠望見機車男，趕緊跑出來打招呼，臉上堆滿了和藹可親的皺紋與笑容。

在東勢，打招呼好像眞的很重要。

是不是因爲在淡漠無情的公司與熙來攘往的城市裡生活太久，幾乎忘卻人與人牽引之間原來緊密相依的溫暖與社群互動，忘卻如何敞開心扉，總是對別人的善意充滿猜忌或敵意，於是，漠然與隔閡如同傑克的魔豆般，在這個世界上不斷冒出新芽，名爲冷漠的藤蔓纏繞人們逐漸失去溫暖的心臟。

我想我的心上，也纏繞了那樣的藤蔓吧。

木然地站著，直到守衛先生發現我在場。「王老師啊，這是你女朋友？很漂亮耶！」

我們兩個都還來不及否認，守衛先生劈頭又是一串話，「對嘛，人生就是要向前看，拋下過去的傷痛才會長大，變成眞正的男子漢！」

怎麼又是男子漢的論調啊……

「呃，」我搖搖頭，「我不是他的女朋友。」

「陳伯，這位是劉主任的女兒啦。」機車男倒不怎麼害怕被誤會的樣子，拉著我介紹起來，「這是我們學校的守衛先生！」

「啊？」守衛先生耳背嗎？

「這是劉主任的女——兒——啦——」

「喔。」守衛先生這下可聽懂了，興致勃勃地追問：「今年退休的劉主任呀？這門親事可眞好了，提親了沒？什麼時候要結婚？」

呃……

我們兩個面面相覷，都無言了。

沉默中，我爬上機車男的機車後座，突然想到，「對了，你怎麼了啊？」

「啊？」他則一臉迷惘。

「就那個剛剛守衛先生說的啊，拋下過去的傷痛。」我前情提要了一番，忍不住接著問：「你失戀喔？」

「啊？」他還是一臉迷惘，不過，這次的表情矯作許多，顯然是刻意擺出來的。

是怎樣？我忍不住睨了他一眼。

耳背像感冒一樣是會空氣傳染嗎？要裝傻也不高明一點，給我來這招！本來還想說我們同是天涯淪落人，哼哼，不問就不問，反正我本來也對你這個機車男老王沒興趣！

沒、興、趣！

05

稍後。

我被機車男拖著，在東勢豐原兩地到處跑。我不知道爲了上一堂看起來像是騙小孩的瘋狂科學課，事前要準備的道具原來那麼多。

傍晚回到家，我已經累得趴在沙發上了。爸媽讚許地向我點點頭，這就是他們認同的「生活充實，過得有意義」。

沒有力氣辯駁，更懶得頂嘴，我現在只想吃頓熱騰騰的晚餐。

媽媽宣布吃飯的同時，手機毫不客氣地作響，到底是哪位啊，眞會挑時間。

「喂，慕心啊！」珮君的宏亮嗓門依舊，一接起電話，我立刻把手機拿遠。

「小聲一點啦，我的耳朵都要廢了。」

「抱歉唷，剛吃飽飯精神好嘛。」

哼，我還沒吃呢，她還好意思說。

「什麼事啊？」我搗著開始發疼的耳朵，希望她趕快切入正題。但我想，她會打來，也沒有什麼好事可以期待才對。

「哎呀。」她英氣十足地嬌嗔，讓我幾乎胃口頓失，「好久不見了嘛，打來跟妳寒暄囉。」

老實說，雖然和尹婕一樣是大學同學，但我並不記得我和她的交情有這麼要好。

「要寒暄啊，那可以不要現在嗎？我肚子好餓，想先吃個晚餐，再泡個熱水澡，睡飽之後再吃早餐，啊，還要等我看完報紙……」

「我們都聽說妳的事了。」

看來珮君也懶得跟我囉嗦，她言歸正傳，卻讓我無言以對。

她說，輾轉得知了張至迅結婚，新娘不是我的消息，想約我出來談談心，順便辦個同學會敘舊，可是，這要攜伴的。

「我攜尹婕不行嗎？」

尹婕可是我今生難能可貴的摯友耶。

「可是，她們說不行耶。」珮君在電話那頭拒絕得相當乾脆，她的身邊似有龐大的智囊團，你一言我一語地正商議著該如何對我落井下石。

「她們？」

「對呀，就嬙嬙、小惠、渝文、雅雪、嬙嬙啊。」

「嬙嬙妳說過了。」

眞是頭腦簡單的女人啊，我沒說出口。

「唉呀，反正就是大家嘛。」眼見破功，她立刻又是一個英氣逼人的嬌嗔作爲搪塞。「大家也是想說妳都分手了，趁這個機會找個伴，比較不會寂寞嘛。」

眞是個爛主意耶，糟透了。

但這才是她們的目的吧？眞正目的是想看我笑話。

「我不想耶，目前沒有這個FU，而且我現在住在台中耶。」

「可是我們這群姊妹淘都好想妳喔。」

像是早就預料到我會無動於衷，珮君不願浪費唇舌和電話費繼續周旋，她終於撂下狠話，「所以決定聚餐就辦在台中啦，餐廳都訂好了，就這樣喔，這週末一定要來，重點是要攜伴喔！」

就這樣，她掛了。

我的意思是，珮君就這樣掛電話了，不是說她眞的掛了。

但這時候，我還眞希望這機車鬼眞的掛了。

唉，所以，現在是機車當道嗎？凝視整桌色香味俱全的菜色，我卻連拿起筷子夾菜的力氣都沒有了。

咦？

機車當道？

靈機一閃，我立刻得意地笑了出來。

重新振作，我握緊了手中筷子，從來沒有這麼佩服自己這顆聰明的小腦袋呀！

隔日一大清早，因爲等不及機車男現身在我家，所以，我直接殺到國小門口，打算攔截那傢伙。

「早安，來找王老師唷？」守衛先生看見是我，格外開心的樣子。「這麼一大早就要約會，很甜蜜耶。」

「王老師去你們家提親了沒有啊？妳爸爸一定很中意這個女婿吧？劉主任在學校時就很照顧王老師了呀！王老師是個好男人，他一定是眞的很愛妳，才會重新敞開心扉再嘗試談戀愛的啦，妳不知道，他剛來學校實習的時候……」

守衛先生口沫橫飛地熱情開講，幾乎要搬張椅子來這裡跟我促膝長談。其實，他不需要這麼親切熱絡的。

我則是還伸著脖子盼望那姍姍來遲的傢伙。要不是有求於他，我才懶得在這裡聽守衛先生講古呢。看看腕錶，我所剩無幾的青春隨著一分一秒的過去又流逝了些，時間已經該是第一堂課了。

「這個王老師啊，他眞的很……」

「奇怪耶，這個王諾軒不是爸爸口中的乖寶寶嗎？他竟然會遲到？」

「啊，」守衛先生燦然一笑，「王老師沒有遲到，他都很早就來了，現在應該在辦公室備課啦……」

是不會早點說嗎？

被守衛先生這麼一耗，我突然覺得好累，拖著疲憊沉重的步伐，終於在空無一人的辦公室裡找到機車男。我二話不說，揪著他的衣領，目光發出狠狠的光芒，「白鶴報恩的故事聽過吧？」

我也不知道自己在逞凶個什麼勁，他一臉茫然，眼神懵懂顯得好無辜，想了半晌，乖乖點點頭。

「很好。」我還是面不改色地擺出流氓樣，雙手鬆開他的衣領，一副「今天就暫時放過你」的樣子，「是你該報恩的時候了，白鶴。」

「可是，」他還是滿腹疑惑，「我請妳做過什麼事我必須要報恩嗎？」

眞是個健忘的孩子啊，我決定大人有大量地原諒他，「有啊，昨天你瘋狂科學課的小助理！」

「但那才短短幾個小時而已耶……」

看來我得加碼，「以後，每個星期的瘋狂科學課都當你的小助理總可以了吧？」

「嗯……」拜託，這樣他還猶豫！

我眞的很想轉身說「不要拉倒」，但是眼前再再浮現珮君的機車臉，低聲嘆息，我還是放低了身段，擺出誠懇的表情，主打悲情牌。

「唉，那群大學同學明明就知道我男朋友工作忙碌不會陪我參加同學會，還硬是設限必須攜伴參加，從以前就這樣了，她們只想看到我出糗。我是眞的想不到別人了才請你幫忙的，算了，我……我看我啊，就等著被她們譏笑好了，反正、反正王諾軒也不會在意的……」

說著說著，我作勢掩面哭泣，這機車男老王也真是好騙，看我泫然欲泣的模樣立刻舉雙手投降了。

「好好好，別哭，」他手足無措地僵在我面前，要幫我拭淚也不是，要拍拍我的肩膀安慰也不是，「我沒有說不陪妳參加那個同學會啊，只是，要我代替妳男朋友出席，這樣眞的好嗎？」

「嗚！」我哭得更大聲了，頓時，空無一人的迴廊充斥著我鬼號般的哭聲。

他再不答應，我可以讓整座校園都聽得見我的哭聲，包括校門口的守衛先生。

「好好好，那妳同學會是什麼時候？」

就這樣，我的男伴終於有了著落，週末時，沒有意外地看見他出現在我家。想想這天有求於這機車男，好像也不能對他太過於冷淡了，只是……

「Guten morgen，關小姐！」

大清早的，望著機車男這麼有活力的樣子，只會讓我更無力而已。

我經過他身邊，走到廚房去，「你眞的很喜歡打招呼耶。」

「大家都是這樣的啊，」他笑了笑，那雙眸子如同玻璃珠般清澈，「人與人之間微不足道的互動都是一個選擇的機會，到底，是要把溫暖和愛傳遞出去，或者放棄這些機會，使這世界一點一點地更冷默。」

像是知道了我的習慣，他將預先倒好的牛奶遞給我，再交給我炸彈麵包。

「我選擇了前者，而且，通常一個微笑、一聲問候便能做到。」

而我雙手拿著他幫我準備好的牛奶與麵包，像是接收到他所謂人與人之間的溫暖和愛，頓時有些彆扭。這是他一廂情願準備的，我很任性地不想說謝謝。

他也沒有期待我會道謝的樣子。我看起來很不受教吧？

儘管如此，他依舊溫煦，「妳也可以。」

像我這種心上纏繞著無情藤蔓的人，也可以像他那樣？

雖然默認他的論點，我卻怎麼也無法坦率出聲說我知道了，只能聳聳肩，故作耳邊風，「你眞的很像老師耶。」

「我本來就是呀。」

稍後，悶著吃完早餐，我上樓更衣，梳理化妝過後再下樓，不知怎地他卻愣在樓梯口。

我看不出那是驚艷的表情，還是看到鬼受驚嚇的樣子。「是怎樣啊？幹麼杵在那裡不說話？」

他還是沒回過神，只是囈語般地，「好像唷……」

「嗯？和誰好像？」

「沒有。」這時他才完全清醒過來，「我是說，妳這樣裝扮起來真的好漂亮。」

雖然他立刻稱讚，說好像又回到剛見面那天，雖然他此刻的表情是如此真誠，但是我怎麼聽都覺得是貶抑居多，好像意指我平時在家素顏的樣子跟現在差很大似的。

抵不住我眉頭深鎖的質疑模樣，他又小聲解釋道：「有打扮沒打扮都很美啦，只是沒有化妝的時候很鄰家女孩，比較有親切感……」

「什麼親切感？」

我聽不下去了，明明是在嫌棄我平時素顏的裝扮，他不懂什麼叫做自然美嗎？

算了，他真的不懂。

懶得再計較了，看看時間，差不多該出發了。我套上高跟鞋，再向爸爸借個車就可以出發了，只是……

轉頭看看我身邊今天的這個「男伴」。上下打量這傢伙一番，嗯，穿得還算帶得出門，幸虧在這之前我們已經約法三章，不准他穿運動鞋、不准他穿洗到鬆掉沒有彈性的破T恤，也不準他頭髮沒整理。那時候，他還傻氣地說他每天出門前都把頭髮整理好才出門……

咦？

所以現在這個鳥樣子就是傳說中的有整理頭髮嗎？

我實在無法苟同。

我先向他甜美地微微笑，把他招過來之後，拿出髮蠟往他原本平順發亮的深巧克力色頭髮又抓又摸的，他頓時尖叫出來，感覺像是被玷污了一樣恐慌。

「妳妳妳！」直到我停下我的鹹豬手，他才一臉被蹂躪完的欲泣表情，「妳幹麼啦……」

「哇，頭髮整理完就從鄉村風的農家子弟立刻升級成偶像團體成員了耶！」

我忍不住嘖嘖稱奇，這傢伙打扮起來也頗有姿色嘛。雖然不疼跟 Super Junior 相比，但走在路上也算是型男一枚呀。

我像個辦完事的大男人，領著車鑰匙，邊吹口哨愉悅地走在前頭，沒理會還跟在背後抽抽噎噎的機車男老王。

「準備出發囉！」

06

前往台中的一路上天氣晴朗，我因此忍不住留戀窗外那片蔚藍天空，直到抵達約定的餐廳，我始終沒有提起勇氣向機車男說明，其實，這是一場鴻門宴。

我不想，不想就連機車男那傢伙都擺出憐憫的表情望著我，對我說：關小姐，被甩不是妳的錯，那個負心漢會有報應之類的場面話。這種鬼話聽多了，我會肚子痛。

總之，這場宴會的策畫者一個個出現，大腹便便的嬌嬌身邊攜了個寸步不離的大肚男，頓時我還百思不得其解，她老公也懷孕了嗎？

而負責聯絡我的珮君，手挽著一位看起來年約五十歲的中年男子現身。我從來都不知道她有戀父情結這種傾向啊！

沒過多久，渝文則是和交往多年的男友甜蜜出場，可惜，當年令少女們為之瘋狂的帥氣校草已經走了樣，那稍嫌油膩的身材。證明這兩人生活過得多愜意舒服。小惠雅雪的更是不用說，我想，她們應該是稍早之前在路邊分別抓了兩個路人來充數的吧？

看著這整場鴻門宴，就一個型男正襟危坐的。我沒猜錯，那是尹婕的菜。

「哈，沒想到妳大獲全勝耶，不賴嘛。」

尹婕一見到我，立即給了我一個貼心擁抱。她見著機車男，意有所指地微笑著，主動向他打招呼，「嗨，我是慕心大學時期的摯友尹婕。」

「妳好，我叫王諾軒。」

「這是慕心攜的伴嗎？眼光真好，人很帥耶！」

「在哪裡認識的啊？」

「你們認識多久了？」

大家都心照不宣地以五味雜陳的眼光瞄了瞄我，像說好般地沒有提起張至迅，卻不停追問我和這個大獲全勝的機車男是怎麼認識的。

後來，漫不經心地聽著嬌嬌大談媽媽經，尹婕興趣缺缺地玩起自己的智慧型手機了，長髮攏到單邊肩膀，露出了漂亮的鎖骨線條，有著說不出的性感。她身旁的男人卻毫無察覺這樣的絕美秀色，已經逕自翻起週刊雜誌。這兩個人，怎麼看都是一副貌合神離的模樣。

咦？等等！

這個男的我似乎見過，他是公司今年的新進職員，如果沒記錯，應該大學畢業沒幾年，小我們好多歲吧，會來到這裡，是受到尹婕的脅迫嗎？

想到這裡，我不禁笑了。

這就是大女人作風的尹婕啊。

回頭，眼見王諾軒已經完全融入媽媽經的話題。拜託，怎麼會這麼沒出息啊，一邊不屑地打量著，才又發現，這傢伙乖乖聆聽的樣子還滿可愛的嘛……

滿可愛的？

我是怎麼啦？竟然覺得機車男可愛？是暈車到現在還沒清醒嗎？還是吃壞肚子？難道是這間餐廳主打的海鮮盅不新鮮？我需要先研究一下餐廳的洗手間在哪個方位嗎？

揉揉眼睛，重整心情，也再次確定海鮮盅沒有問題後，我刻意將視線轉移到落地窗外的街頭，陽光灑在這座街道，映得地磚反射出熠熠閃閃的光線粒子，我被那樣眩目的景象吸引住了，直到一對男女經過，我的目光才又被帶到那對路人身上。

男人身穿的藍色襯衫眞是好看。

記得張至迅也有一件，還是去年我送他的生日禮物。儘管大熱天的，那男人依舊摟著懷裡的女人，非常恩愛的樣子，女人順了順被風吹亂的髮絲，就在那轉頭的瞬間，我懾住了。

那是小金礦雅婷。

她依偎在張至迅的厚實胸懷，兩個人不知道談論到什麼，笑得好甜好幸福。

好久沒見過張至迅那樣的笑容了。即使恨他的不忠與背叛，但是，因爲那個笑靨，使我想起了學生時期剛認識的他，好懷念。

會這麼喜歡看他穿藍色襯衫，大概就是因爲那個午後吧。

永遠記得，是在過不久就要升上高三的夏天。

那個炙熱午後，毒辣辣的陽光直射而來，曬得籃球場上熱氣騰起，耐不住高溫的女孩子們紛紛躲到大榕樹下乘涼說笑，而場上的男孩仍揮汗廝殺著球技。

我無心談論班上最近產生了哪些班對，班花王筱玲已經甩了第十一個男朋友，而且聽說他們才交往三天。我目光遠眺，飄啊飄的，總會飄到那個人身上。

「慕心，妳在看什麼啊？」好友發現我不發一語。

「嗯？」

「隔壁班男生打球有什麼好看的啊？裡面有帥哥嗎？」

「現在傳球的那個還不錯！」

「那是張至迅啦，他籃球隊的啊！」

大家就這樣七嘴八舌地聊起來，我不知道怎麼停止這個話題，假裝自己不是在看她們說的那個張至迅，卻……

「啊，他過來了！」

像是察覺大家聚集的專注目光，張至迅心有所感地回身，向球友打聲招呼，便朝我們這裡而來，然後，停在我面前。

「可以跟妳做朋友嗎？」

那個時候，他義氣地答應要幫朋友追求我，卻不知道，我其實早就暗戀他好久。

忘了當下是怎麼回答他的，只記得他走向我的瞬間，我是全世界最幸福的女孩。

之後，因爲發現我們住的方向相近，而且是同樣的公車路線，於是兩人相約一起搭乘公車上下學。某個夕陽即將落下的傍晚，他在我家巷口偷偷吻了我的嘴唇，他說，要永遠在一起。

礙於他朋友的關係，我們相約考上同一所大學，直到大一，他和那個朋友斷了聯絡，才正式開始交往。

只是，如今都分手了，他竟還穿著我送他的襯衫啊。

「發什麼呆啊？」偶爾尹婕抬頭，發現我的目光始終注視著窗外，隨著我的視線，望向早就無人的街道。

「沒。」而我，卻還留在十七歲初吻的那個傍晚回不來，孤伶伶的，好悲傷。

尹婕想到什麼似地湊過來，和我聊起來，「對了，知道嗎?張至迅離職了耶，他已經搬回台中，到他娶的那座金礦山公司去工作了。哼，雖然是意料中的事，還是覺得很不齒。」

是阿，但又能怎樣。

「眞希望他那間金礦山公司趕快倒一倒，哼。」尹婕的毒舌功夫從不輸人，可是，我聽著卻也開心不起來。

嬌嬌還很開心地聊著幫小孩擦屁屁的訣竅。珮君和雅雪則你一言我一語附和著，望著這樣沒有歸屬，也話不投機的場合，我突然有種疲憊感，好累好累。

爲什麼，都已經躲回台中了，你們還要一個一個攻打過來?

稍後，鴻門宴散會。

直到珮君那幫人消失在視線的盡頭，我煩躁的情緒才稍稍平靜下來。尹婕回台北前又給我一個大大的擁抱，叮嚀我要吃好睡好，不要想太多。我點點頭，表示自己會過得很好。

回到車上，從後照鏡裡望著尹婕離開的背影，頓時軟癱在椅背上鬱鬱難振。儘管悶著不說話，機車男卻也看出我的心情低落。

「還好嗎？」

我沒說話，眼睛還盯著開始倒車的尹婕那台紫色小車。

「要不要去兜兜風？」

我轉頭回來，迎上了機車男體貼的眼睛。我知道他和尹婕一樣，對我是眞的關心。

「謝謝你。」謝你今天陪我參加這場鴻門宴、也謝你此刻眞摯的貼心。

「謝謝你的意思是……」他則摸不著頭緒的樣子，「是好，要去兜風的意思嗎？」

我沒再回答，他緩慢開著車，沿著回家的路，直到經過石岡，他停了下來。

「走吧，帶妳去騎騎腳踏車。這種天氣騎起來很舒服，騎著騎著，鬱悶的心情就會被風吹走唷！」

「可是我……」還沒有機會開口說，我根本不會騎腳踏車啊！

來不及了，機車男已經興沖沖地拉著我來到租車店前，而我支支吾吾地，仍不知道該從何提起。

畢竟，不會騎腳踏車聽起來眞的超弱的耶。

他天眞爛漫的樣子，不懂我忸怩的原因爲何，「妳想上廁所？我帶妳去呀。」

「我……」

他又熟門熟路地直接把我帶到廁所前面。我靈機一閃，雙手捧腹，「唉呀，我好像突然那個來了！」

「哪個？」他一臉狐疑。

「那個啊……」

還得靠我擠眉弄眼的誇張表情，這機車男才會意過來，立刻相當配合地加重語氣。「唷？那個啊……」

「對呀，去幫我買衛生棉，快去！快去！」

「啊？」

他還沒反應過來，已經被我推出了租車店。看著那傢伙又是搔頭又是擺手的無措模樣，還眞是好笑。

「哎唷，快點，再不去我就要頂不住啦！」我千辛萬苦憋住笑意，還得演出愁苦表情，雙手捧著肚子，一副「望你早歸」的模樣。

「唷，好，妳、妳忍一下，我馬上回來。」

走了幾步，他不怎麼放心地又回頭過來望望我，害得背後早已咧嘴笑開的我還得趕緊再蹙起低垂哀怨的八字眉，又是一副望你早歸的神情。

眞是個善良的孩子啊，我決定找個涼爽的樹蔭，在底下等他。

一陣午間的沁涼微風迎面撲來，頓時，鼻息間泛起不知名的清新花香。是茉莉嗎？還是七里香？啊，是夜來香吧？但是，夜來香顧名思義應該是夜裡才會散發香氣的不是嗎……

因爲不懂，我還逕自無聊地瞎猜了一番，又玩起地上被風掃落的樹葉，撿拾了小石子在泥巴地上寫字畫畫。抬頭，不知距離遠近，只覺得那排老榕樹叢上的雀鳥啁啾叫著，聽久了，像幻覺般的，這一刻小憩的恬然美好都成了畫裡優美的靜物。

「啊，我回來了！妳還好嗎？」

機車男慌慌張張的身形倏地闖入我的視線範圍。對了，他剛剛是爲了幫我買衛生棉去了……

「嗯？」

我起身，因爲太愜意了，差點忘了還要繼續假裝「那個」來，拿了他畢恭畢敬獻上的衛生棉，轉身，找尋附近的公廁，我必須演完這場窘況哪。

「跟我來吧，我帶妳去廁所！」

「呃……喔。」

直到看見我從公廁出來，機車男才如釋重負般地鬆了口氣。我其實很想跟他說，只是那個來而已，又不是要生小孩了我！

瞄了一眼那個額頭還在冒汗的緊張鬼，算了，不說了，我開始覺得自己有點壞心。

「沒事了吧？」他湊了上來，神情顯得輕鬆許多，良善暖煦的關懷依舊。

「嗯。」

瞅著這張開朗的臉龐，我該說聲謝謝嗎？

「那個……」

雖然只是簡單兩個字，我卻覺得好彆扭，結結巴巴了半天，最後，才吶吶地，「謝謝。」

「啊？」他一副沒有聽清楚我剛剛說了什麼的樣子，這傢伙是故意的嗎？

「我說，」沒辦法，誰叫他惹得我不耐煩，我手扠著腰，大聲了起來，「謝謝你幫我去買衛生棉啦！」

「喔！不客氣。」他這才笑了出來，欣然的笑顏讓我非常確定他剛剛是故意的。這機車男得意的樣子像個小孩，神神祕祕地從背後拎出一個小袋子交給我。

「來，這個給妳。」

「這什麼？」我不怎麼領情地搶了過來，探頭一看，發現塑膠袋裡裝了琳瑯滿目的巧克力。

我頗傻眼地抬頭，等他解釋。

「女生不是那個來都要吃巧克力的嗎？」他揚起下巴，儼然一副很懂女人的樣子。既然如此，那個因爲買衛生棉就嚇得手足無措滿頭大汗的緊張鬼又是誰啊？「而且，吃甜食會讓人有幸福感喔。」

我挑起眉毛，滿心不屑地睨著這傢伙，根本懶得理會他自以爲美好的天眞論調。而且，拜託，這傢伙怎麼會這麼夢幻啊？

「我不吃，我怕胖。」

我嫌惡地把小塑膠袋推回去他手上，剛剛隨意一瞄，裡面竟然還有七七乳加巧克力耶！他當我是剛上幼稚園的小女孩嗎？

「妳又不胖！」

機車男有些無辜地嘟噥道，我毫不客氣拒絕，他看來頗受傷的。

「妳明明就瘦瘦的很漂亮呀，我才不是說謊，或是說場面話。如果今天妳眞的胖，我就會說妳胖，但是妳瘦瘦的，我就會說妳瘦瘦的，就算妳認爲自己胖，我還是會說妳瘦瘦的。」

「眞的？」

不知道爲什麼，望著機車男這麼認眞的表情，加上他猶如繞口令般的說服，或許是被他這副模樣催眠了似的，這次，我沒再想要頂嘴的意思了。

「眞的、眞的。」他猛點頭的樣子好可愛。

「好吧。」

於是我默默接受了他迂迴的讚美，從小塑膠袋裡摸了一顆巧克力，拆了糖紙放在嘴裡。可可濃厚的干味與臻果的香醇瞬間在嘴裡化開，爲了保持理想體重，多久沒有吃甜食了呢？我已經想不起來了。

「好甜！」我皺了皺眉，雖然得好吃，還是忍不住吐吐舌頭。

他見狀，摸摸我的頭頂，清澈透明的眼睛瞅著我，像個小孩，還要哄小孩，「眞的很好吃吧。」

我跟著笑了。

不知道是因爲有這麼天眞的他陪我，還是因爲這巧克力的魔力發作，這瞬間，我，好像眞的有種幸福滿溢的感覺了。

07

當晚回到家後，剛洗完澡，在沒開燈的寂靜房間裡，瞧見窗外的淡淡星光，一時興起，放下了手邊還沒擦完的保養品和未吹乾的頭髮，上樓，來到了頂樓。

這裡比較沒有光害，眞的只要抬眼就會看見星星堆滿天的夜空。我像個發現寶藏的孩子，睜著驚奇的眼睛，多想把這刻美麗與感動盡收眶底。

沒有得到多久的平靜，尹婕就來電叨擾。

「喂，眞有妳的耶！我從公司今年度新進職員的菜鳥名單裡精挑細選抓來充數的男人，也沒有妳那個機車男這麼出色呀！眞是羨煞我啦。怎麼樣，你們兩個有沒有可能啊？」

將起電話，我都還沒來得及開口，尹婕一連串的頻頻稱讚和嘖嘖稱奇就讓我無力招架，「怎麼可能，我……」

「怎麼不可能，他根本就不像是妳之前形容的那麼糟糕，明明也滿有型的嘛，一雙無辜大眼水汪汪的。喔，看得我的心都要融化了！」

小姐，妳是最近韓劇看太多嗎？這麼矯情的形容詞妳都可以琅琅上口。我沒說出心裡無聲的嘀咕，我和機車男耶，怎麼可能嘛……

想到我和他這樣的組合，不禁咧嘴失笑。拜託，那是機車男耶，我怎麼可能……

儘管如此，房間桌上還擺著下午他留給我的那袋巧克力，裡面全是小孩子愛吃的那些口味。

想起他那時候百般認眞說服我的模樣，以及堅信吃甜食會讓人有幸福感的天眞表情，那雙澄澈眼睛瞅著我的時候，好像眞的不知不覺地就被他那股誠摯單純感動了。

好久好久沒有像個孩子一樣被寵愛了。

即便是如此……

抬眼，凝望這樣星光閃爍的夏日夜空，看著看著，久了，便有種流光停佇的錯覺，好像張至迅還在身邊，只消一個轉身、一個回眸，他就會在我視線裡出現。

「只要有這樣的星空的一天，我就沒有辦法忘掉吧。」於是，隔著手機，我對尹婕這麼說。

「永遠，在一起好不好？」

幻聽似的，我總覺得有一天，或許某一天張至迅會回頭吧，現在他只是去了哪裡出差，所以不方便打電話給我，他沒有不愛我，真的沒有不愛，之前他出差為我挑的禮物我都還留著……

我悄悄抹掉了無聲滑落的淚水，並不想讓尹婕知道我此刻的孤寂哀悽。

「有沒有那麼絕望啊？」

然而，尹婕尹婕心有所感，馬上明白了。她從不是懂得溫柔撫慰的那種女生，卻是最挺我的那個。「明明面前擺著一個極品不是嗎？妳不要，我可肖想得要命呢！」

「妳確定？」

我淡淡笑了，卻沒讓尹婕聽出來，只是現實分析得頭頭是道，「機車男那傢伙是土生土長的東勢人喔！上下班的交通工具是騎驢子，每逢假日，休閒嗜好不是逛新光三越喝下午茶看電影，是去山上打獵和種菜耶！」

我語畢，手機那頭突然落入異常靜默，尹婕顯然是卻步了。

這時我才忍不住噗哧笑了出來，趕緊解釋，「哎呀，我說說的啦，我們東勢很發達的好不好，都說了我們這裡有麥當勞也有85度C，有屈臣氏，還有康是美……」

但是，尹婕仍深陷其中，久久無法自拔，「呃，打獵種菜啊，我實在是……」

沒多久，尹婕就嚷嚷著要掛電話了，她說她還是無法放棄身處大都市的繁華與便利，我才要開口說其實沒那麼嚴重，急性子的尹婕已經早我一秒結束通話。

難道我真的把尹婕嚇壞了？

掛上電話，我又對著這滿天星星的深色蒼穹發呆嘆氣，想著張至迅，想他現在不知道在哪裡？過得好嗎？想著學生時代的那些年，總在這樣繁星點點的夜空下，手牽著手相依偎著……

「劉慕心！妳阿嬤叫妳趕快下樓吃麵，不然麵就要爛掉囉。」

天使般的可愛弟弟語調欠揍地模仿廣告裡的台詞叫我下樓吃晚餐，超級宏亮的聲音從樓梯間無預警地傳來，嚇得我撐在頂樓欄杆的手肘一滑，整個下巴狠狠跌在半身高的水泥築牆上，可惡，好痛！

要是摔斷了門牙或是破相，我還怎麼嫁得出去啊我？

甫一下樓，就望見這個罪魁禍首。我手扠著腰質問起來，「請問阿嬤在哪裡？都作古這麼多年了，還要三不五時把老人家請出來，你真的很不孝耶！」

「我是在緬懷老人家啊！」

而天使般的可愛弟弟滿臉的理直氣壯，信手指向掛在小客廳牆上阿公阿嬤的生前合照，「看，阿嬤在那裡。」

我真的完全被他的回答打敗，於是百般無奈地翻白眼，幽幽嘆氣，「孩子，你真該慶幸你不姓白，不然，你的名字就不叫劉慕翊，而叫白目翊了！」

「二姊，如果我是白目翊的話，那妳就是白目心了耶！」

等了又等，始終叫不到我們姊弟倆吃飯。媽媽親自走上樓，聽見我們這段白目對話，氣得暴衝到我們面前，一手揪著我們一個人的耳朵。

「媽呀，好痛……」

「還認得我這個媽呀？你們這兩個不肖子女，竟然要自己改姓了呢，這樣是把你們老爸往哪裡擺啊？」

吃完晚餐，天使般可愛的弟弟和爸爸兩人一起相約要看租來的電影，媽媽則忙著收看八點檔偶像劇。

而我沒搶到電視，就在家裡來回遊走。先從廚房晃到客廳，再從客廳晃到爸媽的主臥室，探頭望見媽媽邊看偶像劇邊露出少女般的夢幻笑靨，又晃著晃著，最後晃到三樓我的小房間，無事可做地玩起手機。喔，除了耳朵剛剛在被媽媽家暴後尚在發疼，不知怎地，就連頭頂也開始隱隱作痛。

唷，媽媽手勁眞狠……

就這樣，含淚忍痛早早爬上床睡了。直到隔天清晨醒來頭痛還沒退，連喉嚨都跟著痛了起來，連想要唉唉叫的聲音都爲微弱得可以。

「啊，妳感冒了啦，還發燒。」後來，媽媽摸著我的額頭忖度片刻，做了這樣的判斷。

嗯?不是被妳家暴的緣故嗎?當然，不想再討打，我沒說出口。

「等等我和妳爸爸要去爬山，妳弟弟要去新竹找同學，我會請諾軒來家裡陪妳，記得要去看醫生喔。」

語畢，媽媽一副拍拍屁股就要走人的模樣，全然沒有察覺到我無語問蒼天的窘狀。

我說不出話來，只能睜著不可思議的圓眼望向媽媽。不會吧，妳的寶貝女兒生病耶，妳就這樣把我丟給一個素昧平生的陌生人?

好吧，說是素昧平生是誇張了些，畢竟昨天他還幫我跑腿去買衛生棉，但是……

「慕心乖，諾軒會好好照顧妳的啦。」

呃，我還有拒絕的權利嗎？

如此這般，機車男那傢伙接受了媽媽的託付後，果然沒有多久就出現在我的病榻前。雖然明知道一切都是我想太多，我還是下意識拉高了棉被，試圖掩住自己誘人犯罪的胸口，以免他趁人之危。

這單純的機車男當然沒想太多，根本沒發現我防他像防賊一樣，只是如同往常親切溫暖，笑咪咪地遞上了他幫我準備的早餐，一顆偶洗番的肉鬆口味炸彈麵包與冰牛奶。

「吃完就帶妳去看醫生唷。」

懶得理他，我也完全吃不下早餐，在床上翻個身打算繼續睡。

「妳吃不下啊？」

蒙上棉被，我連眼睛都沒有睜開看他，含糊地應了一聲，以爲他這樣就會自討沒趣地走開，身邊是安靜了片刻，半晌，我的身體卻騰空被抱了起來。

幹麼？我知道我擁有天使容貌和魔鬼身材，讓人不想犯罪都難，但是、但是……

「喂，機車男，你想對我幹麼啦？」

眨眼間，我已經被機車男扛在肩上，以非常粗魯的力道和姿態。「這裡是我家耶，快放我下來！快點！」

看來他不是被我傾國傾城的美色迷惑了，因爲這傢伙正咚咚咚地踩著輕快的腳步下樓梯，直到一樓客廳玄關才把我放下。

「你到底在搞什麼啦！」

我氣得想搥他，被他這麼一鬧，原本就不舒服的身體現在更加虛弱，這把老骨頭像是被風一吹就會散開似的。我只能死命盯著這傢伙，既然不是貪圖我傾國傾城的美色，那……

「難道，你是想趁我家人不在的時候綁架我？」我指著他的鼻子，脫口大叫出來。

這回，換他懶得理我，只是好認眞地找來我的外套幫我套上，一邊幫我把右手穿進袖子時，還聽見他喃喃自語，「以前聽說發燒燒久了腦袋會燒壞，沒想到還眞的，都已經開始胡言亂語了耶，要趕快帶妳去看醫生了！」

這傢伙！

雖然他嘴邊嚷嚷著要帶我去看醫生，但我被硬是拉上這輛破機車，還是深深深深覺得我被綁架了。

他不會是跟診所的醫生護士都串通好了吧？勒索的贖金是要五五分帳還是三七分帳？可以刷卡嗎？付現行不行？可以分期付款嗎？我最近失業很窮耶……

醫生才剛問診完畢，我還記得說是因爲受到媽媽家暴才生病的嗎？來不及掙脫，機車男已經牢牢壓制住我，護士目光發狠地將注滿藥水的超大針筒在我的眼前晃晃，於是，我開始大聲呼救。

「我沒有錢，你們綁錯人了，別殺我、別殺我啊！」

「她怕打針啦。」這該死的機車男竟然無視我的吶喊，摸摸我的頭，作爲相當草率敷衍地安撫，「我抓緊她了，請繼續吧。」

護士小姐漠然地點點頭，拿起沾著冰涼酒精的棉花，開始擦拭我臂膀上的肌膚……

爸媽，慕綺，天使般的可愛弟弟，尹婕，永別了。

至迅，即使今生無緣，我愛你……

08

「關小姐、關小姐？妳沒事吧？」

叫誰啊？好吵……

是誰這麼呼天搶地地嚷嚷啊，像關不掉的鬧鐘一樣。我伸手，想切掉這吵鬧的音源，卻聽見更淒厲的慘叫，睜眼，機車男已經跌坐在地上了。

「小姐我姓劉好嗎？」我懶懶開口。

「是妳自己說妳的名字叫『關你屁事』的嘛，那妳不姓關姓什麼啊？」他捂著發疼的頭頂，滿臉無辜。「而且，奇怪耶，妳怎麼暈倒了還有力氣打人？」

「什麼？暈倒？」

我怎麼啦？抬頭，環顧四周，這裡是診所。喔，對，我被這傢伙五花大綁地綁來這裡，還莫名其妙挨了一針，好痛。

又是那個面無表情的護士小姐，檢視過我恢復過後的氣色，下了定論。「醒了沒事就可以出院囉。」

所以，我爸來付過贖金了嗎？

「眞沒想到，妳看起來這麼強悍，可是也是像一般女生一樣會害怕打針耶，好可愛喔。」

什麼叫一般女生？不然你當我是什麼人？等等，我有聽錯嗎？說我可愛……

哎唷，我都不寒而慄了。

我還在生氣，所以完全不想搭理機車男。

上了車，他押著我到了早餐店，乖乖吃完早餐也吞了藥，原以為這樣就可以回家睡覺，這機車男卻不甘寂寞地說要帶我去踏青。

有了第一次被綁架的經驗後，我一切都顯得淡定許多，「我是病人耶！我要回家休息！」

他沒理我，這破機車騎呀騎的，一下子駛離喧鬧的市區，兩個人來到河濱公園。

「多曬曬太陽，身體才會健康，自然就不容易生病囉。」

他又擺出了那副天真爛漫的表情。我沒有多餘的力氣欣賞，下了車，無言地望望這樣湛藍如海水的夏日晴空，什麼歪理啊，他不知道女生有多怕曬黑嗎？

我搖搖欲墜地躲到樹蔭底下，他也興致勃勃地跟過來。

「之前來過河濱公園嗎？」

「的確是沒有，這樣高興了沒？」

一陣風吹來，吹得我頭痛欲裂，這機車男是要折磨我多久才肯放我回家養病啦？

「又是這個表情……」他盯住我，欲言又止的。

我則沒好氣的，「什麼啊？」

「妳皺著眉的樣子啊，先前第一次見到妳的時候就是這樣！」他邊說，一邊試圖模仿我憂愁的苦臉。是有幾分像，但誇張了點，也醜了些。

聽不懂他想表達什麼，轉眼，望向這座偌大的河濱公園，遠處的籃球場上，有好多揮灑青春的熱血男生正在打球。

我才想起，其實，也不是沒有來過，國三那年，班上的同學要拍攝畢業紀念照，特地相約到這裡取景。那個時候，這裡還沒有規畫得這樣工整漂亮，只是空有一片沒人理會的荒涼草皮與一個籃球場。

那樣的記憶太久遠了，久到彷彿自己從來沒有來過似的。

機車男還逕自說著，自言自語一樣，「爲什麼都有男朋友了，那天還要自己那麼落魄地走在大街上呢？像妳這麼漂亮的女生，男友一定會超級疼愛的啊，要是我，一定不會放任女朋友一個人在大街上無助的。」

回眸，凝視著他，我頓時無言以對。

我不能說，不能對機車男解釋說那天我的男朋友忙著跟別人結婚了。

嚥下不能說出的苦楚，我再度把視線放得遠些，望向那曬在陽光底下發亮的球場，頓時，有種錯覺，好像自己又回到了十七歲那年的那個籃球場上。

總是如此不經意地陷入不該去想的回憶。

機車男看著我的無言，沒有再追問下去。

「妳看起來很悲傷。」沉默良久後，他開口說。

轉身，不願他察覺我這秒無可救藥的脆弱，偷偷擦拭眼角不慎泛起的淚水，逞強地扯個笑容。

「哪有！是看起來很虛弱吧，我病人耶。」

意思意思地咳了兩聲，我站起身來，刻意將話題扯遠，「這座公園其實也滿美的嘛，如果再多植樹，營造更多林蔭和散步道，好好規畫，應該會更有人氣。

「唉，要不是我還太年輕，不然我也要出來競選鎮長。東勢這個迷人的小鎮在適當的觀光行銷下應該不會輸新社的呀。啊，乾脆趁我現在失業，先出來選個里長好了，還可以為我往後競選鎮長鋪路！」

「妳失業？不是在放無薪假嗎？」頓時，有個聲音從我背後悠悠冒出。

糟了，真是一時不察，才這麼順口把不能說的祕密全都抖了出來。

真糟！

「這個嘛……」我樣子老練地搭上他的肩膀。

這機車男會不會跑去跟我爸媽告狀說我失業啊？還是乾脆在這個偏僻的荒涼地方先把他滅口比較快？

要用什麼凶器？地上的石頭嗎？還是……

「難怪，我看妳房間的行李一包一包的，這樣撤回來不會太明顯嗎？妳應該不想讓家人發現吧？」

「嗯？」

我把手上的石頭藏到背後，原來他早就發現了啊……

「我……」

放下那塊差點被我當作殺人凶器的石頭，我吶吶地招認，「是呀，我是真的失業。很搞笑吧，明明就失業，什麼時候能找到工作都還不知道，還這麼不自量力說什麼將來要當鎮長……」

我開始自暴自棄起來，哀怨地蹲在角落畫圈圈。

「如果哪天妳出來競選里長，我一定會來幫妳助選發傳單的。」

我抬眼，正好望見他含情脈脈應許的臉龐。

說說的而已，需要這麼深情嗎？

語畢，他緩緩俯身，頎長的身形一下子遮住了刺眼的陽光，深不見底的眸子就這樣毫無猶豫地瞅著我。而我，像被迷惑般地發怔，期待什麼般，順勢輕輕閉上了雙眼。

然後……

什麼都沒有發生嘛。

「那天，妳穿那件禮服眞的很美。」他只是在我的耳畔輕輕說。

害我還像個笨蛋似地期待，期待他……

嗯？期待？

糟糕，我眞的是腦子發燒燒壞了，怎麼會對機車男有所期待，還以爲、還以爲他會……

我下意識指尖輕輕觸著嘴唇，不知怎地，心空空的。

直到離開河濱公園，我仍顯得恍恍惚惚的。

回到家，我還一副沒有清醒過來的樣子，從包包拿出健保卡當成大門的感應卡，等了半晌，門沒開，發現自己拿錯卡了，又掏了半天，換張卡刷。

「這個是信用卡嗎？」旁邊悠悠冒出來的突兀聲音嚇得我一身冷汗。

咦？是耶，猛一看還眞的是我的信用卡。

「感應卡在這裡啦。」機車男阻止了想低頭再翻找包包的我，「剛剛出來看醫生的時候是我關的門。」

嗯？是不會早點說嗎？裝肖仔……

扁扁嘴，我好累，連抱怨的力氣都沒有，舉步維艱地走向玄關，都還來不及坐下換室內鞋，客廳的電話又不饒人地大肆作響。現在是怎樣？

「喂，慕心啊，今天爸爸和我不回家吃晚餐囉，我們會晚點回去，遇到老朋友要去聚聚，冰箱裡還有一些青菜和雞蛋，妳就自己弄來吃，知道嗎？」

呃，因爲感冒的關係，我還遲鈍地愣著，電話那頭的人是誰呀？

「有沒有聽到？喂喂？咦？還是我撥錯電話呀？」

我終於反應過來，「什麼？不回來吃飯？那我晚上吃什麼啊？媽，我病人耶，妳要我拖著孱弱的身體自己弄來吃？」

妳不怕我把廚房燒了我還怕呢。

「對喔，妳生病耶，都忘了。」媽媽在電話那頭自言自語起來，「可是聽妳聲音感覺都好得差不多啦，諾軒有沒有帶妳去看醫生？」

「有啊。」

「那就好啦，晚餐自己弄來吃喔，我先掛電話啦。」

等不及我說不，媽媽早就搶先結束通話。機車男在我身邊繞呀繞的，一副很想知道發生什麼事的好奇樣子。

但我就偏不向他報告。

「我要睡午覺了，你回去吧。」故意假裝沒看見他渴望知道的眼神，我走向沙發，毫無形象可言地整個癱在沙發上。

沒聽到他說拜拜或是關門的聲響，大概是感冒藥效發作的緣故，沒一會兒我就睡著了。

不知道沉睡了多久，只記得反覆夢見至迅幾回，他笑著擁抱我，就像從前那樣，親暱地吻著我，說一輩子都不要分開之類的甜蜜承諾。然後，我都還沒有點頭，小金礦雅婷驀地出現，帶著狐媚地嬌笑闖入我們之間。那美麗的容顏啊，連我都幾乎要被迷惑住了，她伸手輕撫過至迅的臉龐，要他跟她走……

「至迅！」我伸手，抓了個空，不願鬆開的指縫間，悲傷緩緩流逝著。

「別離開我。」話哽著，卻早已淚如雨下。

最後，我是哭著醒來的。

「怎麼了？作惡夢了嗎？」淚光模糊的視線中，有個身影擅自躍進，他靠過來，蹲在我瑟縮的身體面前，用一貫溫柔良善的問候關懷著我。

搖搖頭，我不知道該怎麼解釋，只能默默接收他遞過來的面紙拭淚。

「是不是夢見打針了啊？妳看起來很害怕的樣子耶。」機車男又端了一杯果汁出來要我喝。

輕輕淺啜，沁涼卻不會太冰的溫度滑過喉間，頓時，清爽恬淡的甜味撫慰了我揮之不去的夢魘，「怎麼會有這個啊？」

問完，我再度貪婪地大口吸吮果汁，百香果的香甜在嘴裡漫開，一邊聽著機車男慢條斯理地解釋，「我們家後院種了很多百香果呀，想說妳感冒，正需要補充維他命C，下午就趁妳睡覺的時候回家一趟。喝完這杯，妳很快就會好起來囉。」他好愉快地下了這個結論，好像我的健康就是他畢生最大的幸福一樣。

「你回家一趟，又跑來啊？」我看看他，又是那麼天眞爛漫地笑著。想到自己總是對他那麼壞，又是整他騙他去買衛生棉，又是頤指氣使要他這樣要他那樣，他還這麼無私地照顧著我，我……

此刻，蠢蠢欲動的感動難以言喻，我不知道怎麼表達內心的謝意，只能睨著他，沒好氣地叫著，「幹麼對我這麼好啊？」
「妳是病人嘛。」他笑咪咪地摸摸我的額頭，確定我沒發燒，語氣是無盡的寵溺。
「機車男，原來你不只是機車男，你還是個笨蛋。」
「嗯？」
「這個世界上怎麼會有你這種笨蛋啊！我對你那麼凶、那麼壞，你還……」
他不讓我繼續說了，把吸管放到我嘟著的嘴。
「乖乖多喝一點喔，感冒很快就好了！」他如是說。

09

大概是午覺昏睡太久的緣故，總有種錯覺，怎麼好像才剛吃完午餐，緊接著晚餐時間又來了。
我呆坐在沙發上，撫摸著脹得圓滾滾的肚皮，裡面滿滿都是還沒有消化的百香果汁。

「怎麼樣，有沒有好一點呀？」

這傻小子，就說他是笨蛋了，再怎麼富含維他命C，水果也不是靈丹妙藥，怎麼可能嗑了馬上就有感覺呀？

話雖如此，看著他這麼期待的眼神，我實在不忍，於是決定很認眞地敷衍，「嗯，好像眞的好多了耶。」

「就說吧，多補充……」

懶得再聽這番理論，念在他如此赤誠眞心的分上，我斷然插話，「好吧，爲了報答你，今天我就破例下廚做晚餐請你吃。」

記得我從台北打包行李回來時，某一包行李裡好像塞了兩包快過期的泡麵，正好這時候拿出來頂著用。

「眞的嗎？那師母他們呢？」機車男喜出望外，一副「那怎麼好意思」的樣子。

「哎呀，他們不回來吃了啦。」

「喔，那妳要做什麼給我吃呀？」

我不假思索地回答，「滿漢全席！」

當然，我說的是泡麵品名，但是，從機車男此時此刻瞬間發亮神采奕奕的眼睛看來，誤會大了！

管他的，有什麼吃什麼吧。

禮貌起見，我要機車男待在客廳等開飯就好。

但是就在我大聲咒罵了第五次還是第六次之後，機車男再也按捺不住，探頭探腦出現在廚房門口，「需要幫忙嗎？」

我真的很想逞強說不用，可我實在找不到媽媽說的雞蛋到底放在哪裡，而且，好不容易切好高麗菜，卻忘了要先洗滌才能下鍋。問題是，清洗青菜的那個菜籃到底被放到哪裡去了啊？

收到我的默許般，機車男來到我面前。

我攤攤手。「我找不到蛋。」

他轉身，沒兩秒就從冰箱變出兩顆雞蛋。交給我之後，又看著我。

我聳聳肩。「我也找不到洗青菜的菜籃。」

他馬上這裡翻翻、那裡翻翻的，熟悉的樣子，讓我不得不懷疑這廚房根本就是他家灶腳嘛。

沒多久，他又變魔術般，把我找到快要抓狂的菜籃呈上來。

算了算了，我投降。

讓出主廚的位置，我默默退到一旁，他看看泡麵「滿漢全席」的包裝袋，這一刻終於恍然大悟。

承受不起他一臉無言以對的窘樣，我先囂張起來，「對，就是泡麵，對於我這種遊子，必備的就是它了！沖泡簡單，美味可口！」

「呵。」

他愣了好久，最後，像是幫我找台階下似的，想了又想，開口，「太好了，我也好久沒有吃泡麵了耶，住家裡眞的都找不到機會泡泡麵吃呢！」

我睨了他一眼，發現機車男又是那樣天眞爛漫地欣然笑說著，明明知道他是故意這麼說給我聽的，我卻還是覺得好窩心。

眞是個貼心的好孩子呀。

強壓抑住想衝上去好好摸摸這機車男頭頂的念頭，我別過頭去洗菜，爲了獎勵他這麼乖巧懂事，我在心裡默默決定加菜，多切兩顆芭樂當作飯後甜點。

「啊，水滾了耶！」

「讓開，我來丟菜！」

「不是應該要先放麵嗎？」

「啊？是喔？管他，我都通通一起丟啦！」

原來我們兩個都沒有賢慧到哪裡去，兩個人四隻手的，又是一陣慌忙，又是揮手又是尖叫的，好不容易下了麵，丟了兩顆雞蛋，再把我稍早之前洗好的高麗菜進鍋裡，望著逐漸成形的「滿漢全席」，失控的局面這才平靜下來。

「哇，好香喔。」

一邊攪動著湯鍋，漂亮的蛋花如漩渦般散開。我還處於香味滿溢的感動中，沒察覺到機車男的不發一語，直到抬眼，才撞見那雙深不見底的瞳眸正瞅著我。

幹麼？我知道我美若天仙，姿色是傾國傾城沉魚落雁，可是這樣含情脈脈瞅著我，人家也會害羞的耶！

「怎、怎麼了？」就說人家會害羞了嘛，一開口，還莫名其妙結巴了。

不知道是湯麵的熱氣使然，抑或這秒機車男的深情注視，我的臉驀地發燙，就連胸口驟然的心跳，都撲通撲通地好大聲。

他緩緩靠近，我幾乎屏息，「妳這裡沾到蛋殼了。」

語畢，他小心翼翼地勾起我耳邊的髮絲，拿掉沾黏在髮際上的蛋殼，「我幫妳拿掉了。」

直到他拿下蛋殼，退回了彼此之間應有的禮貌距離，我才能恢復正常的呼吸。

拿就拿，誰准你這麼煽情的？臭機車男！

爲了掩飾自己尚未平靜的心跳，我趕緊轉向別處去拿碗筷。奇怪，今天到底怎麼了我？難道感冒會併發心律不整嗎？現在的病毒也太強了吧？晚上還是要記得乖乖吃藥，得趕緊康復才行哪……

一邊調整自己的情緒，背後，他又不受控制地冒出了曖昧的話語，用那一慣天眞爛漫的語氣。

「我們這樣，好像剛結婚的新婚夫婦喔。」

奇怪耶，我說要嫁給你嗎？

直到吃完晚餐，我邊啃著清脆甘甜的飯後甜點牛奶芭樂，一邊打量正在洗碗的機車男背影，心裡還是忍不住咕噥兩句。

「等一下要不要去飯後散步啊？我知道有個地方夜景很美，氣氛很不錯，是我個人首推的私房景點唷！」

「誰要跟你去飯後散步啊？」而且還敢給我強調氣氛很不錯，再這樣發展下去怎麼得了？

我靈躍的思緒直接聯想到三年後，我手上抱著兩個機車寶寶，機車男忙著另一個換孩子的尿布，對了，還有兩個在地上爬來爬去……

哎唷喂，太可怕了，我不禁打了個哆嗦，寒毛直豎！

「師母說妳晚餐後都會散步，身材才不會變形的啊。」

話是沒錯，但是……

機車寶寶爬滿地的驚悚畫面再度浮現在我的眼前，我吞吞口水，謹慎地做了這樣的決定，「我、我在家爬爬樓梯就好。」

「唷。」

五分鐘後，當我啃完芭樂上樓洗澡看電視，才想說怎麼脊背突然一股寒意，猛一回頭，機車男就站在我的房間門口，衝著我笑。

「你……你不是回家了嗎？我沒有叫你跟來呀！」我很是傻眼，望著這個陰魂不散的機車男，下巴差點掉下來。

「本來要回家了沒錯，可是妳忘記吃藥了。」

他說完，我才發現他左手端著馬克杯，右手抓著我的藥袋。不會吧？這傢伙耿直的忠誠度眞的可以媲美日本的忠犬小八了。

我默默嘆了口氣，招手示意他進房間，「進來吧，小八。」

「什麼？」當然，他沒聽懂。

我懶得解釋，所以胡謅起來，「三八阿花一朵花啦。」

他也懶得理我，跟著搖頭，「病得不淺，眞該吃藥了。」

機車男把馬克杯遞給我讓我吃藥，趁我喝水時，走到我的書櫃前探頭探腦地看。

「聽說妳因爲工作需要所以自修德文，超強的。」他就這樣背對我，自言自語起來，「以前我到國外參加科展，看見外國人就馬上舌頭打結，除了How are you? Fine, thank you. 就完全無言了。」

我沒搭腔，還忙著咕嚕咕嚕地吞藥，他已經瀏覽到隔壁書櫃，不知道看到了什麼，腳步突然停住。

我順著他愕著的方向望去，心裡暗叫不妙，這傢伙正盯著張至迅的喜帖研究。

「這個是……」

「這是我朋友的喜帖，唉啊，你小孩子不懂啦，放回去放回去！」

我趕緊抓了喜帖，隨手塞到某個長灰塵的角落，硬是拉著他，半哄半騙地離開房間。

「啊，今天天氣很好唷，走，我帶你去看星星！」

我們兩個就這樣爬上頂樓。倒映眼底的是覆著暗色調的天空，只稍定睛，便會發現滿是熠熠閃閃的星子，如藍絨上的碎鑽般爍亮。

「哇，好多星星呀。」

果不其然，就像我所想的那樣，如同我第一次爬上這裡看見整座星空的感動，機車男張大了眼，驚喜的笑顏像個孩子一樣，很純淨。

「就說吧，你看，風吹著雲跑，看久了，就有種整座銀河都在緩緩流動的錯覺呢。」夜裡，風很大很涼，我邊按著紛亂飛揚的頭髮，邊興奮地嚷嚷起來。

「眞的耶，看久了好暈唷。」

「嗯，我也是耶。」

我們兩個就這樣，猶如痴迷的孩子般仰望，對於如此絢爛的星空，久久不捨得移轉視線，彷彿已經迷失在那樣的星陣當中。

良久，是他先開口的。

「可以問妳一個問題嗎？」

「嗯？」

「剛剛那張喜帖，是妳男朋友的，對吧？」

登時，我幾乎聽見星星墜落的聲音。

「張至迅這個名字，我常聽老師和師母提起，所以並不陌生。」他如是說。

而我百口莫辯，只能沉默。

這個時候，也只能沉默。

該怎麼辦？要把機車男滅口嗎？在這裡把他滅口嗎？要用什麼方法把他滅口啊？一時之間，亂七八糟的想法推擠著我此刻交雜的思緒。

「難怪，」他還仰看著星空，澄澈的眼眸被映得光亮，「妳總是那麼孤單，那麼悲傷的樣子。」

因為他不像其他人那樣矯情的安慰，只是陳述一件簡單的事實般道出口而已，這樣的坦然，說真的，其實讓我自在很多。

鬆開原本緊緊握在一塊的手指，於是放棄了要滅他口的打算。

「那是我『前』男友的喜帖。」我轉向機車男，誠實並且堅定的語氣說著，「他結婚了，而新娘不是我，我們分手了。」

聽到這裡，機車男也沒有像其他人一副義憤填膺比我還要氣那個臭小三的誇張反應，他只是安靜聆聽，我也悠悠然地，可以像是訴說別人故事般，說起我們相識的經過，直到婚禮當天，也就是我遇見機車男那天的事。

從不費唇舌對人解釋什麼或是交代的我，卻不知道怎麼地，說著說著，說了好多，關於我和張至迅的甜蜜曾經與苦澀結局。

「在那天之後，我決定戒菸戒酒，還要戒男人。」

這時，機車男難得有些反應，他吃驚地反問：「妳會抽菸？」

他瞪大眼睛的表情比剛剛聽到我被甩的時候還要誇張，一副我是不受教的不良少女的反應，我幾乎要笑出來。

「不會啊，」但就算會又怎樣？我都快三十歲了，抽菸還犯法嗎？

但是不忍他還張著那麼誇張的表情，我這才補上一句，「你忘了我們家是無菸家庭唷？我爸媽是不允許小孩抽菸的。」

「那……那妳酗酒？」他的誇張表情絲毫沒有鬆懈下來，我很好奇，他這個樣子臉部神經怎麼都不會抽筋。

我又搖頭，攤攤手。「我也不會。」

「那怎麼會要戒菸戒酒呢？」他難以接受地大叫出來。

「這樣聽起來比較殺嘛！」這傢伙，到底懂不懂啊。

他聽了，頓時卸下那個超級經典的誇張表情，溫和地笑了。

「別為了一個爛人就妄自菲薄，妳很優，以後一定還會有個很棒的男人寵妳，對妳好的。」

因為沒料到他會這麼由衷地鼓勵我，愣了好半晌，我才反應過來。

「其實，你這個人也不會很機車嘛。」我說。

「其實，妳這個人也不會很潑辣嘛。」他說。

說完，我倆相視而笑。

此刻的欣然，就像蒲公英種子被任性的風隨意吹送一樣，我的心情也就這麼漫無目的地徘徊在機車男開朗的臉龐，和他柔煦笑著的眼裡。

可是他不知道，儘管我嚷嚷著要戒菸戒酒戒男人，戒掉所有與張至迅共同擁有的回憶，其實，我卻口是心非地好想念他好想念他。每每爬到這陽台，看著後院外頭高高的樹林，就會想起小時候看過的動畫「龍貓」，能不能像劇情那樣，出現龍貓車，把我帶到張至迅的身邊呢，我真的好想他……

我這個樣子，很糟糕吧。

「喂，」可能是哪根筋不對，我突然問了個莫名其妙的問題，「我都要人老珠黃了，還嫁得出去嗎？」

「當然啊。」他竟能這麼理所當然地點頭回答我。

「我媽都覺得我是出清不了的瑕疵品。」

「如果眞的出清不了，我想我可以勉爲其難接收。」

「你啊……」我睨著他，儘管一點都沒被安慰到，但我眼中是帶著笑的。「我決定收回剛剛說的一句話。」

「嗯？」

「其實，你眞的很機車。」

10

就這樣，機車男和我兩個於是化敵爲友。

雖然過程有點詭異，但的確是。現在機車男是我的盟友，我要他以他純潔忠貞的人格保證，不能把我失業又被甩的慘澹現況洩漏出去，否則，他會肚子痛、便祕，然後頭髮掉光光禿頭，終生交不到女朋友。

「可是爲什麼肚子痛便祕之後頭髮就會掉光光變禿頭啊？好沒有邏輯唷。」

「我怎麼知道啦，不管不管，快發誓啦！」

「喔，我王諾軒，要是把劉慕心失業找不到工作又被甩沒有人要的慘狀說出去的話我就……」

是誰允許他擅自說成失業「找不到工作」，被甩「又沒人要」的「慘狀」的啊？機車耶！

總而言之，就是這樣，爸媽和我天使般的可愛弟弟都覺得相當神奇，怎麼一夕之間，之前被我嫌得要命的機車男突然變成我的超級麻吉了。

「那是因爲……」機車男一副就要吐露眞相的爛漫模樣，我趕緊擋在他的前面，拚命用我殺氣騰騰的眼神恐嚇他。

他不會眞的想要肚子痛便祕，然後頭髮掉光交不到女朋友吧！

像是終於接收到我的威脅，機車男趕緊改口，「那是因爲慕心說她在東勢都沒有什麼朋友可以陪她玩，我就自願當她的朋友啊！」

拜託，我哪有那樣說啊。

雖然對於這個說法嗤之以鼻，這個時候我卻只能很做作地應和，「對啦對啦，交個朋友，多多益善嘛。」

「對啦對啊，早該這樣了嘛，慕心妳啊，一回到東勢就窩在家當宅女，脾氣乖僻，古怪得可以……」

懶得再聽爸媽千篇一律的叨唸，我拉著機車男就往門外衝，「唉呀呀，再不出門，瘋狂科學上課要遲到囉。」

「老師，師母再見！慕翃再見！」這傢伙，趕著出門還不忘給我裝乖啊，真是！直到跨上機車，直奔學校的途中，我還是忍不住開口，「我哪有說我在東勢都沒有朋友可以陪我玩啊？」

「妳看起來真的很寂寞的樣子啊。」他趁著紅燈停下來，轉向我，無辜的眼睛像小動物般懵懂，「而且，我是真的很想當妳的朋友啊。」

綠燈亮起，我語塞地不知道怎麼接話了。

哼，淨會說些好聽的話，我撇過頭，卻撇不清此刻心頭恬然的歡喜。

今天，原本上課生動活潑的機車男更是開心賣力，我擅自認爲是因爲我的關係，不知道這樣的想法會不會太自戀？

等我們調配好號稱獨家配方絕不外傳的肥皀水，之後就是要到外面的草坪上去吹泡泡，低年級的小朋友興奮得直往外衝，原本領在前頭的機車男忽地轉身，對我燦然一笑，「一起來吧，好朋友！」

「不用，不用了！」我連忙推託，外面這麼熱，他不知道女生最怕曬黑了嗎？

「走嘛走嘛！」機車男鼓吹小朋友推拉著我，然後，我的腳步開始身不由己地向前挪進。

嗯，他眞的不知道我很怕曬黑啊。

我不情願地跟著他們來到大太陽底下，機車男還沒有發完可以吹泡泡的塑膠吹網和泡泡槍，小朋友已經亂成一團。這場泡泡大戰一觸即發，我才想默默移駕到附近樹蔭底下涼快，右邊臂膀已經先遭殃，一顆大泡泡碰到我的身體後立刻化作空氣，但濕濕黏黏的觸感仍未蒸發。

「誰？誰偷襲我的？」我轉過身，看到幾個小朋友很欠揍地掩嘴偷笑。哎呀，這些小傢伙，當我好欺負是嗎？

我捲起袖子，跑去向機車男討了一支泡泡槍，開始殺紅了眼！哼，本小姐可是惹不得的，知道嗎？小兔崽子！

就這樣，這是一場不分敵我的混戰，大人小孩都淪陷在看似甜蜜夢幻卻殺氣騰騰的泡泡當中。機車男竟然還趁亂偷襲了我沉魚落雁的臉龐，以爲我沒有發現嗎？我猛一回頭，就在打算要追著他跑的時候，沒有發現地上早就滿是肥皀水，腳一滑，就要跌個狗吃屎之際，隨手一抓，抓到了想逃卻逃不掉的機車男。

這倒楣的機車男，莫名其妙成了我的最佳墊背。他跌在草坪上，我則跌在他的身上，而且，在跌下去的那一刻，我的嘴唇不小心碰到他的！

我們兩個就這樣尷尬僵持了好半晌，大眼瞪小眼，不知所措。怎麼辦，機車男會因此懷孕嗎？我需要對他負責嗎？

「唷，親親，談戀愛！」

「再親一下嘛，親一下、親一下、親一下！」

「親一下！親一下！」

小朋友見狀紛紛跑過來圍觀，頓時，鼓譟的氣氛變得好曖昧。我的腦海不受控制地又浮現起我抱著兩隻機車寶寶，而這次機車男正在忙著幫另一隻餵奶，地上還有兩隻在爬來爬去……

為了阻止這整個大失控的情節發展，我急忙跳起來，不知道該怎麼解釋這個純屬意外的吻，難道我要說「姊姊有練過，小朋友不要亂」學嗎？

直到下課，機車男那張猶如少女般緋紅的臉龐始終沒有消退的跡象，只稍一不小心與我視線相交就會開始咧嘴傻笑，一副情竇初開的呆樣。

這傢伙，剛剛那個意外之吻不會是他苦守多年的初吻吧？

拜託，我也是千百個不願意啊。

收拾完教室，我關好門窗，他又開始靦腆起來，「那，我先去牽機車囉。」

誰准他露出這種羞答答的肉麻表情啊？

我既是無言又相當沒轍，搖搖手要他快走，不然我的腦袋又要被地上爬來爬去的機車寶寶佔據了。

走到校門口要和機車男會合，遠遠地，和藹可親的守衛先生望見是我，立刻向我招手微笑。我偷偷翻了個白眼，這一招手，看來免不了又是一陣冗長的寒暄呀。

「劉小姐，早上看到王老師載妳來上班啊，我看你們兩個眞的很要好呢，唉，想當年，這王老師剛來實習的時候，都還陷在情傷裡面呢。」

「情傷？」

有八卦可聽？我的耳朵立刻反射性地豎了起來。

看我好像有興趣的樣子，守衛先生口沫橫飛地接了下去，「嘿呀，那時候王老師都不會笑，成天愁眉苦臉，也不喜歡學校裡的女老師說話，因爲他被兵變啦。」

「兵變？」

哇喔，有沒有這麼精采啊！我還意猶未盡，這機車男就這麼會挑時間，騎著那破機車緩慢過來，守衛先生高深莫測地朝我使個眼色，一副「下回分曉」的樣子。

「嗨！」

停好車，他朝我招手示意，不知道又想到了什麼，看著我，逕自傻呼呼地笑了。

「傻笑個什麼勁啊？安全帽給我啦。」直到我出聲，一邊敲敲他戴著安全帽的腦袋，他才如夢初醒般的遞安全帽給我。

是我想太多了嗎？爲什麼嘴唇才碰了一下而已，這機車男整個人就變得這麼不對勁？

算了，我也懶得研究他。

整個早上連上四堂瘋狂科學課，加上那場泡泡大戰，我都快要餓昏了，滿腦子都在想媽媽中午會煮什麼愛心佳餚，不知道有沒有我愛吃的洋蔥炒蛋？還有，我突然好想來一盅蛤蠣鮮湯唷……

回到家，我滿心期待地按下門鈴，希望開飯眞的會有蛤蠣鮮湯端上桌，卻在按了三次無人回應後才遲鈍地發現，咦，奇怪，人呢？

我掏出手機先打了家裡電話，一樣沒人接聽，再撥天使般可愛弟弟的手機，他說今天天氣好，爸爸媽媽突然心血來潮決定帶他去爬山健行。

「啊？」雖然知道爸媽的隨性，但我仍難以置信地大吼，「那你們現在在哪裡啊？」

「不知道耶，某一座山上啊。」

我一時失控，「那我的蛤蠣鮮湯怎麼辦？」

「什麼？」天使般的可愛弟弟聽得一頭霧水。

我沒來得及解釋，電話那頭已經換媽媽接手，「慕心啊，下課啦？我們帶慕翊出來放風，晚點回家，妳中午就約妳新交的好朋友一起去吃飯吧。」

誰啊？我哪來新的好朋友啊？

我眼睛一瞄，機車男就在旁邊衝著我笑。

唷，是在說機車男。

我無奈地結束通話，對著我家深鎖的大門，還有傳說中我新的好朋友說：「怎麼辦，我進不去耶。」

「妳沒帶鑰匙嗎？」

「……」我頓時無言。

話說，如果我身上有帶鑰匙，還需要站在這裡發愁嗎？

「妳忘了帶鑰匙嗎？」他又問。

「沒有，我是故意不帶，想試試看對著大門喊『芝麻開門』，門會不會自動打開。你教的嘛，要秉持著瘋狂科學的實驗精神哪！」

「唷。」

他似懂非懂地點點頭，就等著我對大門喊芝麻開門。這傢伙有沒有這麼天眞啊？他不會還相信世界上有耶誕老公公吧？

過了好半晌，這機車男才眞正會意過來我是眞的忘了帶鑰匙出門。

「奇怪，妳進不了家門怎麼都不會緊張啊？」

「緊張什麼啊？有你這個好朋友陪我嘛，」我諂媚地露出不怎麼真誠的笑容，開始亂出主意，「哎唷，肚子眞的好餓，你帶我去吃飯好不好？順便來個東勢半日遊好了。」

「好呀，我會一直陪著妳的。」他則深情款款，像要我安心地把今生幸福交付給他一樣。

沒有理會他一副想太多的樣子，跨上機車，我要他先帶我去吃飯，隨便吃什麼都可以，但是一定要有蛤蠣鮮湯。

11

吃飽喝足之後，機車男和我兩個又繞回來學校。

突然很想看看念國小的時候，後段操場傳說中的那個防空洞還在不在。每次進學校都只在教室和辦公室之間來回穿梭，根本沒時間想起那個神祕的防空洞。

「防空洞不在啦，後來已經改建成新操場了。」聽到我興致勃勃的提議，機車男大概因爲每天都窩在學校裡面的關係，顯然不怎麼感興趣。

「怎麼這樣啊，還記得嗎？小時候校園裡都盛傳殭屍會從那個防空洞裡跑出來的呀。」一提起這個，我興奮地嚷嚷。

以前怕殭屍怕得要命，半夜起來都不敢自己一個人去尿尿，還得硬拖著天使般的可愛弟弟才敢去廁所呢。

「妳談論這個話題的同時，年齡也露出破綻了耶。」機車男湊過來，很欠揍地在我耳邊「提醒」。

我狠狠回瞪他一記，但他沒看到，早就搶先一步跑去停機車了。

「哎唷，你們怎麼又跑回來呀？」守衛先生看到是我們，喜出望外地從守衛室跑出來，他該不會以爲是因爲早上他的故事太精采，所以我才又跑回來的吧？

「呃，對呀。」我突然變得低調收斂，千萬不能讓他誤會我很想聽他講古呀。

但是，很不幸的，他眞的誤會了，「對了，早上跟妳說到一半的啊，王老師兵變的事啊……」

又開始了、又開始了，我其實沒有很想聽哪！

「聽說他啊……」

好吧，那我還是聽一下好了。

「交往好多年的女朋友在他當兵的時候因爲太寂寞了就劈腿，愛上了別人，而且還被搞大肚子，懷孕了呢！」

守衛先生的表情極具戲劇張力，一下子惋惜、一下子猙獰，時不時還會挑眉，要我注意聽他十分生動的解說。

「啊，是唷。」看他這樣賣力，害我不得不硬著頭皮配合配合。

「對呀，王老師得知之後當然非常傷心，雖然如此，也只能祝福女方，就在那個女生要嫁給劈腿對象前夕，那個女生還發生車禍當場死亡呢。」

「啊，怎麼這樣？」這下我是眞心吼出來，急於追問：「那肚子裡的小孩呢？」

守衛先生痛心疾首地嘆息，彷彿他目睹了整場車禍現場，「都被車子輾過了，妳說，還能活嗎？」

「怎麼會這樣……」

後來，守衛先生爲了接電話，趕緊跑回守衛室，而我還站在原地，怔怔然的。

「我回來囉。」沒有多久，機車男帶著天眞爛漫的笑靨回到我淚眼模糊的視線中。

這個沒有神經的笨蛋，都歷經了這樣哀慟欲絕的悲傷，他怎麼還能這麼開朗？

「唷。」我偷偷抹掉眼角濕潤的淚光，「那，我們走吧。」

「妳怎麼啦，是不是又感冒了？怎麼說話有鼻音？」

「嗯？有嗎？你聽錯了啦。」

後來，說好要去學校後面那條小溪玩水的，我都無心嬉戲了。機車男大概以爲我是因爲沒有看見從前的防空洞，只見著了現在嶄新寬敞的操場非常失望才無精打采的，所以也不以爲意。

不是這樣的，機車男，我會這麼難過，是因爲你的過去眞的好可憐啊。

好幾次，我都忍住想要抱著他大哭的念頭。

「好熱唷，那我們去吃冰好不好？」我可有可無地點點頭，機車男，你眞的好可憐唷。

「好熱唷，那我們去吃熱呼呼的燒酒雞好不好？」以爲我聽不出來你故意耍冷嗎？只是，機車男，你眞的好可憐唷。

當然，我們沒有吃到熱呼呼的燒酒雞，最後，我買了兩支冰棒，和他在河濱公園的籃球場旁邊坐著看人打球。

豔陽下，看起來幾個不怕熱的年輕人還在廝殺。以他們揮汗如雨的程度，我擔心他們會不會因此脫水。機車男則很有興趣地觀戰，忽然提起，「哇，好久沒有打籃球囉，別看我現在這樣，想當年我念書的時候啊……」

然而，聽到這裡，就像是被關鍵字喚醒了般，守衛先生陳述那些悲劇性的畫面再度浮現，我忍不住失控大哭，衝地上前一把抱住了機車男這個遭遇悽慘的苦主。

「哇，機車男，你好可憐啊，我都聽說了，雖然你的爲人是機車了點沒錯，個性也婆婆媽媽了點沒錯、還有，平時也眞的很吵很囉嗦……」

我抽抽噎噎的，還沒細數完機車男的缺點，才遲鈍地發現我的重點不是這個。趕緊把話題轉回來。

「可是，基本上，你也還算是一個好人，也很善良，還不認識的時候就自願載我一程，幫我跑腿去買衛生棉，我生病的時候還會照顧我。只是、只是啊，遇到這種事情也未免太可憐了……」

比起我，機車男的經歷可憐一千八百萬倍吧。

我說不下去了，一把鼻涕一把眼淚的，機車男則手忙腳亂地從包包裡找面紙，一邊還想著要怎麼安撫我。在這盛夏的樹下，療傷般的風輕柔吹送。

不知道過了多久，只知道我幾乎用掉整包面紙擦拭鼻涕眼淚，終於安靜了下來，再望著機車男溫和的純良臉龐，還是忍不住擁抱住他。

「機車男，都過去了，你以後一定會幸福的！」摸摸他的頭，我如是說。

他愣愣的，笑咪咪的表情漫著幾分傻氣，「嗯，好，我會的！」

邊說，他攙扶著我站起來，現在才想到的樣子反問：「不過，妳剛剛說我遇到什麼事情好可憐啊？」

我把守衛先生對我說的故事重新講了一遍。

不知道是不是我描述事發經過太過栩栩生動了，機車男的神情面色並不太好，一陣青一陣白的，不知情的人鐵定以爲他要中風了吧。

「那守衛大哥眞的是這麼說的嗎？」

「嗯。」我小心翼翼應答。

「不是這樣的。」他先是喃喃自語，再而轉向我，認眞並且愼重地解釋，「事情不是這樣的，妳聽我說。」

「我知道，我知道！」一邊走，我搭上他寬闊的肩膀，畢竟，神經病都會說自己沒瘋，而酒醉的人也都說自己沒醉。

這個道理我懂，儘管如此，對上了他那麼詭異的表情加上不自覺抽搐的嘴角，再這樣下去，機車男不會眞的快要中風了吧？

「好好好，我聽你說、我聽你說，那你先跟著我一起深呼吸，放輕鬆唷，來，呼——吸——！」

沒有搭理我還像個孕婦般雙手捧腹誇張學著拉梅茲呼吸法，機車男衝動地脫口，「她其實還活得好好的！」

「什麼？」我的手還捧著肚子，但是下巴驚訝得快掉下來了。

剛剛，機車男說的是中文嗎？我怎麼突然聽不懂。

「我說，我的那個前女友，她還安然無恙地活著，她的小孩也是，那場車禍沒有造成任何傷亡，現在她已經是三個小孩的母親了，眞的。」

我還沒回魂，滿腦子都是守衛先生口沫橫飛敘述事發經過的模擬景象，眞不知道該怪我想像力太豐富、還是守衛先生說故事的能力太高明，這強烈似眞的模擬景象就這樣深植我心，一瞬間難以置信這不是眞的。

但是，沒有人會拿生命開玩笑吧。

「我也不知道爲什麼傳來傳去會變成這麼誇張。總之，妳不要相信這種以訛傳訛的流言。」

我很想說「唷，我知道了」。可是我的下巴還闔不起來。

我是眞的深信不疑啊！

「依妳的冰雪聰明，我想妳應該也分辨得出眞假才對！」他樂觀地自顧自說著，但是當他一回頭望見我闔不起來的下巴，「呃，妳相信那個傳聞了。」

不然我剛剛哭成那樣是爲了什麼啊？我很想這麼說，但是我的下巴還是沒有闔起來。

「走吧，」他推我上車，「帶妳去看，眼見爲憑！」

12

在前往據說是那位負心女夫家開的水果賣場途中，我的下巴終於闔上了。

迎風駛過約莫二十分鐘的路程，我靜靜聽著機車男說：「珊珊是我大學時代的女友，她長得超正超可愛的喔，當年我追她追了好久。她和妳長得很像，都有一雙很漂亮的眼睛，飄逸的長長頭髮，最重要的是還有一顆善良的心。」

拜託，都敢劈腿了，哪還算是有顆善良的心啊？我在心裡忍不住滴咕。等等，長得和我很像？喂，有沒有搞錯呀，我才不想和負心女像呢！

「還記得第一次在東勢街上看到妳氣呼呼的樣子，好像我剛認識的珊珊，所以我決定停下來，載妳一程！」

呿，原來是這樣，那我眞要爲他營造出熱心公益的形象扣分了！

我還想到，上次爲了參加鴻門宴化妝打扮，這機車男深情望著我，嘴裡喃喃「好像」的那個人，應該就是在說負心女吧。

哼，我倒要看看這負心女是跟我有多像！

才擠著眉毛在心裡如此盤算，我們滑進巷弄內，再繞出大馬路時，座落轉角傳說中的水果賣場映入眼簾，機車男刻意將機車停放得遠遠的，舉止行動都變得小心翼翼，雖然被告知最好低調一點，不要打擾到他們才好，但是，我就偏不！

「我劉慕心一向做事光明磊落，行得端、坐得正，幹麼要這樣偷偷摸摸的？何況當年劈腿的人又不是……」

「買水果嗎？我們蘋果是今天剛到的，很新鮮唷，要不要吃吃看？」

一跨進店家，有位大嬸堆著笑臉幫我們介紹。我還忙著東張西望尋找負心女的蹤跡，機車男則像個怕事的小女人，急忙躲到我背後，只冒出小螞蟻般的細微聲音。「不用了啦，謝謝，我們自己看就可以了。」

只見眼前這位大嬸露出困惑的表情，既懷念又感傷的樣子，「是諾軒嗎？我聽你的聲音好熟悉……」

「呃，是我。」這個時候，機車男才從我背後走出來，眼神盡是透著溫柔，「珊珊，這些年來，過得好嗎？」

啊？我有沒有看錯聽錯？這次輪到我的眼珠子差點掉下來，這、這位大嬸，您就是傳說中機車男的前女友唷？大學時代交往的女朋友不是應該年紀跟我們差不多大？怎麼看起來歲數至少大我們一輪？

「喂喂，機車男，原來你大學的時候是跟學校裡的福利社阿姨交往唷？」我撇頭過去，咦，啊機車男呢？

好吧，我承認以上都是我過於偏激的幻想，誰叫這臭機車男一直跟我強調負心女的美貌幾乎不會輸我，我才如此失控的。

重來重來。

機車男停好車，百般提醒我要低調，但是我依然……

「我劉慕心一向做事光明磊落，行得端、坐得正，幹麼要這樣偷偷摸摸的？何況當年劈腿的人又不是……」

機車男的行動果斷多了，我都還沒說完，他就一手把我嘴巴掩住，並且把我拖到對面街角。

「買水果嗎？我們蘋果是今天剛到的，很新鮮喔，要不要吃吃看？」唷，跟剛剛我想像的是一樣的台詞呢。我趕緊伸長脖子張望，說話的是個中年婦女。

爲了避免我偏激的幻想再度打斷這一切，我還先認眞確認過，從她頭上夾著便宜的塑膠鯊魚夾，身穿寬鬆的家居服和短褲，以及那身略顯福氣的體態，還有，還有那雙夜市就賣得到的厚底恨天高拖鞋，我客觀而且非常肯定地判斷，這一定不是機車男口中那個負心女珊珊。

頂多是負心女珊珊的姊姊或是阿姨之類的吧。那，本尊在哪裡？

我才這麼想，這時，機車男已經拉著我要往回走。「走了啦，已經看到了啊。」

「哪有？在哪裡？」我不服氣，賴在原地不肯走。「你指給我看啊。」

「就那個穿桃紅色衣服的女生啊！」

「哪有什麼穿桃紅色衣服的女生？」我順著機車男手指的方向，咦？那不是負心女珊珊的姊姊或是阿姨之類的人？那就是傳說中貌美如花勝過我的負心女珊珊？

我有沒有看錯？整個賣場就一個身穿俗氣桃紅色衣服的女人晃來晃去的呀！我擦擦眼睛，再瞧瞧她已經全然走山的身材和那張圓潤的臉龐，這刻，再也壓抑不了心中熊熊燃起的暴怒。

「我和她哪裡像啊？莫名其妙！」

見過負心女珊珊之後，我決定三天不和機車男說話。

尹婕聽完這段荒謬至極的故事，顯得很感興趣。她在電話那頭喊道：「妳去拍那個負心女珊珊的照片傳給我看好不好啊？好想看唷！」

「才不要！那明明是個中年婦女。」我忍不住翻白眼。

「說不定人家當年真的是個正妹啊，只是禁不起歲月摧殘，現在才變成這樣的。」

「拜託，那個負心女珊珊跟我們差不多年紀耶，什麼禁不起歲月摧殘，就算生過小孩，我姊慕綺生了三胞胎，身材也沒有走樣走得那麼嚴重啊。」

「會不會……」尹婕邊說，一邊噗哧先笑了出來，「會不會她跑去整型，整成現在這個模樣？」

「哇，張尹婕妳超沒口德的。」儘管這麼指責，我也跟著笑了出來。

稍後，我下樓，經過客廳看見爸爸正和天使般可愛的弟弟一起在看歷史劇。突然想到什麼，我緩步靠近坐在沙發認眞收看的爸爸。

他壓根沒有發現我，而我就這樣默默挨在他身邊找位置坐。

「爸爸，王諾軒以前就是在你的國小實習的嗎？」

「嗯。」他點點頭，目光沒有移開過。

「唷，那他以前是不是、是不是……」

我還沒有想到該怎麼問，爸爸已經先開口了，「電視看著看著，好像有點渴。」

「渴是不是？沒問題。」我起身，轉進廚房。

「我也要喝茶！」天使般的可愛弟弟追加。

「茶來了，來了！」我把天使般可愛的弟弟擠開，硬是坐在爸爸旁邊。

「爸爸，你聽過關於王諾軒的一個傳聞嗎？就是……」

我才要開門見山地發問，一旁的弟弟已經咕嚕咕嚕喝完茶，對我露出天使般無懈可擊的完美微笑，「肚子也餓了。」

「自己去冰箱找吃的！」我把他攆走。

剛好，趁著廣告，爸爸老神在在地喝著他的老人茶，「妳是要問關於他被兵變的那一大段荒謬傳聞嗎？」

「爸爸你都聽過啊？」

「當然。」爸爸露出一抹高深莫測的微笑，「關心學生是每個老師都應該做的。」

「唷，也對啦，那……」

「當然不是眞的啊。」爸爸溫吞說著，「只有被兵變是眞的，所以諾軒這孩子剛進學校實習時非常寡言，也很漠然，不怎麼願意和別的老師打交道，尤其是女生！」

這麼可憐唷，好吧，我決定明天就原諒機車男。

「但被兵變是每個男孩子成長必經之路啊，我就告訴他，我以前在馬祖當兵的時候也慘遭兵變的故事……」

「咦？爸爸你的初戀不是媽媽嗎？我記得你們是相親結婚的啊。」

「是啊，但面對失戀的人當然要動之以情、說之以理，於是，就在我春風化雨的教誨之下，那孩子逐漸展開笑臉，恢復他開朗的性格。」

「就這樣？」

「嗯。」

我深深懷疑是廣告時間結束，爸爸為了敷衍我所以草草結束這段對話。我忍不住追問：「那為什麼車禍那件事會被傳得這麼誇張啊？而且，而且那個學校的守衛還說……」

爸爸沒有理我了，只是入戲地盯著電視螢幕，看得嘴巴都要張開了。

先看看爸爸，再看看旁邊表情如出一轍的弟弟。

唉，電視老人。

唉，電視兒童。

13

隔天早上，機車男說他因為調課，時間空出來了，想約我一起去吃早餐。

「誰要跟你去吃早餐啊，我又還沒有要跟你和好！」我對著電話那頓嗤之以鼻說著。一想到他說那位中年婦女和我神似我就有氣，根本忘了昨天說過今天要原諒他。

「妳在生氣唷？」他小心翼翼地問。

「是的。」

機車男的聲音好納悶，「大清早的，誰惹妳啊？」

「你問現在正在跟我講電話的人啊。」

「喔。」電話那頭安靜了一下，像是他正在思考，兩秒過後，還是不懂，「問我啊？我不知道耶。」

我都要氣昏了，機車男還興沖沖的，根本沒有把我的慍怒當回事，「別生氣啦，今天請妳去看電影好不好？」

「我要看我今天有沒有別的約會！」

語畢，我直接掛上電話。媽媽不知道什麼時候出現的，眉開眼笑地湊過來問：「妳今天要和諾軒那孩子出去唷？」

「嗯，考慮一下。」

我的態度引起媽媽更多的興趣與揣測，「你們兩個有沒有可能……」

「媽！」我翻了白眼以示抗議。

「反正張至迅這個女婿我也不是頂喜歡，倒是諾軒這孩子很得我的緣，外型不差，脾氣又好，而且還跟妳爸爸一樣是公職人員，鐵飯碗呢！」

正想說些什麼趕緊撇清，念頭一轉，我小心翼翼地試探，「媽，如果我和張至迅分手，妳會怎麼樣啊？」

「眞的嗎？那妳剛好和諾軒在一起，東勢人嫁給東勢人，回娘家比較近嘛。」

「我想也是，這樣三不五時還可以回來吃飯，而且大年初二回娘家不用上高速公路塞車。」看見媽媽沒有想像中的反應激烈，我暗自鬆了口氣，放心地搭上媽媽的肩膀。只是……

媽媽愈想愈不對勁，終於清醒過來，用高八度的聲調質問：「妳眞的和張至迅分手了？」

「嗯。」我點頭，反正瞞得了一時騙不了一世，應該有句成語是這樣說的吧？

「什麼？妳幹麼沒事和人家分手啊？難道打定主意要當嫁不出去的老姑婆了嗎？隔壁詹老師的女兒跟妳一樣大，小孩都要上幼稚園了。慕綺也是啊，她在妳這年紀的時候都生三胞胎了耶！」

「我有什麼辦法？妳以爲我不想結婚、不想幸福、不想生小孩嗎？」

「那妳幹麼沒事和張至迅分手啊？妳已經不年輕了耶，知不知道女人的身價是一過三十就會像遇到金融風暴的股票一樣一路狂跌？到時候看妳怎麼辦！」

什麼怎麼辦？又不是我提分手的！爲什麼要指責我？我也不想這樣，我也會痛、我也會難過，因爲我還愛著張至迅，我還愛他！

我沒有這麼說，沒有爲自己做任何辯解，因爲還想保有最後一絲自尊。至少，在家人面前。

於是我轉身，隨手抓了手機和錢包出走。

就在奪門而出的那刻，無須再多掩飾的脆弱立即崩落瓦解，我聽見自己細微的哭聲，無助得像個孩子。

家人，有時候是最親密的依靠，但相反地，很多時候，我們之間卻也有著最跨越不了的隔閡。

我也不知道爲什麼會這樣。

「咦？這慕心呢？怎麼話說到一半就跑出去啦？不知道會不會回來吃飯，我買了洋蔥，她一直嚷嚷著要我煮沙茶洋蔥炒蛋的啊！」

「對不起，媽。」沒來由地，我喃喃道歉，腳步卻是義無反顧地往離開方向邁進。

我現在眞的沒有辦法……

就這樣，我漫無目的地在早晨冷清的大街上遊走，漠然望著這條看起來像沒有盡頭的街道，然後才發現不知道該去哪裡。

就這樣孤伶伶發著呆。

直到機車男再度來電。「那妳今天有沒有別的約會了？我有這個榮幸可以邀請妳看電影嗎？」

「好吧。」沉默了幾秒，我用乾癟的聲音回答。

我說我現在人在外頭，機車男便以最快的速度騎著他的破機車出現。不知道爲什麼，當看見他的那一刻，我突然有種想哭的衝動。

「妳確定妳要穿這樣跟我去看電影？」還搞不清楚狀況的機車男指指我，驚訝的表情實在有點機車。

這時候，我才從店家玻璃門的倒映上，看見自己含著淚水的紅腫眼睛、亂七八糟的頭髮，還有身上還穿著非常家居，近乎是睡衣的上衣短褲。

我根本就是一副離家出走的模樣啊。

大概也察覺了這一點，機車男小心翼翼地問：「妳該不會大清早的就要離家出走吧？」

瞪著他，我百口莫辯，像被逮住般不知道怎麼反駁，因爲他說中了。

半晌，我哀怨地回嘴，「這麼會猜，幹麼不要去買樂透？」

「所以是被我猜對的意思嗎？」他傻愣愣的，又問：「那妳怎麼啦？」

我倔強地沒有說話。只是，眼眶的淚水已經蠢蠢欲動。

要怎麼開口？要怎麼說？想到媽媽早上那麼苛薄又直接的反應，好像我真的是沒人要的瑕疵品，能脫手的時候就要趕快脫手，免得放在家裡長灰塵又礙眼，一點價值都沒有。

可是她有沒有想過，我是人，我是她女兒耶，怎麼可以……

後來，機車男沒再問，我也不想多解釋，這樣的心緒，說出來只會愈讓自己陷入悽涼的處境而已。

抹掉了倔強的眼淚，我坐上他的機車。

「想去哪裡？」他轉頭問。

我沒有回答。

對於我的默不搭腔，他也處之泰然，嘿嘿笑著，「該不會真的要穿這樣跟我去看電影吧？」

真的很難笑。

我沒有表情地別過頭去，連敷衍的淺笑都不想配合。

「好吧，至少這讓我知道妳眞的心情很不好，」他聳聳肩，突然靈機一動，「看來只能帶妳去傳說中的療傷系私房景點了。」

我不置可否，什麼傳說中的療傷系私房景點啊，聽起來就……

一點都不吸引人。

雖然心裡這麼認定著，還是任由他帶著來到河濱公園。經過了我們上次一起看人打球的球場時，我忍不住想，這就是他說的療傷系私房景點？一點都不療傷也一點都不私房啊！

還好我沒有脫口說出。因爲他沒有要停下來的意思。

一溜煙地，我們又駛過了層層疊疊綠蔭底下的小路，途中，有一處賣西瓜的攤販，機車男沒有預警地煞車，我則沒有預警地往前衝，而且還直貼他的後背。繼上次意外之吻後又激增了一回非常意外的「肌膚之親」。

這傢伙不會是用這麼復古的手法想吃我豆腐吧？

「你幹麼啦！」爲了捍衛我冰清玉潔的名節與操守，我在他背後抗議地哇哇大叫。

他轉頭過來，應該是想道歉，一時之間沒有抓好距離，嘟著的嘴，又差點撲上我的臉，我們頓時靠得好近。

他盯著我，而我也望見了那雙清澈瞳眸裡倒映的自己。對於這樣突如其來的接觸，兩個人都傻了。

不知道想到什麼，他臉紅了！

而我也好不到哪裡去，登時，機車寶寶爬滿地的畫面再度占據我的腦海。

怎麼會這樣啊，雖然我媽是比較屬意機車男當她女婿，可是我眞的沒有這個意思啊！

半晌，我先移開視線的，清清喉嚨，故作沒事，「不要說你停下來是因爲你迷路了要問路唷。」

「不、不是啦，」他拿下安全帽，幾分無辜地搔搔頭，說話還是有點結巴，「停在賣西瓜的攤子前，當然是要買西瓜啊。」

「唷。」什麼鬼？我忍不住挑眉。

眼看他就這樣走到攤子前和老闆打招呼，他還眞的要買？

機車男已經自顧自地挑起西瓜來，想到什麼般地抬頭，「對了，今天惹妳生氣的有幾個人啊？」

「啊？」我一時愣住，經過剛剛那一陣子亂，早就忘了今早發生過什麼事，過了幾秒才回答他。「很多。」

「喔，好。」他點點頭。

我沒有意識到他說「喔，好」背後的眞正涵義，沒一會兒，等我反應過來，已經是機車男掏出錢包正要結帳的時候了。看著老闆眉開眼笑的樣子，我才深感不妙，數了數那堆機車男精挑細選的西瓜，這傢伙居然一口氣買了六顆！

誰來幫我解釋一下，現在是什麼情形？西瓜跳樓大拍賣嗎？

我傻眼地愣住，半晌，才忍不住在旁碎碎唸起來，「你買了六顆西瓜？六顆耶，先生，你以爲你是開卡車來的嗎？六顆西瓜耶，請問你那台破機車要怎麼載啦？」

沒空理會我的歇斯底里，只見機車男丟了一顆最大的西瓜到我懷中，一顆最小的塞到機車置物箱裡，其餘四顆則請眉開眼笑的老闆綑成一簍，穩當地放置在腳踏墊上。

等到西瓜全部都就定位，機車男自以爲很帥但其實一點都不帥地轉過頭來望著我，又望望我懷中的大西瓜，「抱好啊，別摔著了。」

機車耶，我有說我要幫他抱西瓜嗎？

「好，出發囉。」

他大爺心情愉快地再度戴好安全帽發動機車，壓根沒有發現我不耐煩地嫌西瓜重得要命。

我想他應該是故意掠過，不想發現的吧。

機車耶！

我想，抵達傳說中什麼療傷系的私房景點之前，我都會非常哀怨地提醒機車男，請他別忘了我懷裡還抱了一顆大西瓜。

「好重唷，是什麼東西沉甸甸壓在我又細又瘦又性感的大腿上啊？」

他沒裡我。

「哎呀，奇怪了，怎麼會有顆西瓜躺在我充滿母愛的溫暖胸懷呢？」

他還是沒裡我。

「天啊，這應該是僞裝成西瓜的綠色石頭吧？重死我了！」

一路上，機車男聚精會神非常專注地騎車，根本無暇理會在背後哀哀叫的我，我因此嚴重懷疑他的聽力有問題。

約莫十分鐘的路程，直到我們彎入某條小徑，機車男才放慢車速，將車子隨意停放在這看似荒山野嶺的路邊。

摘下安全帽，他的第一句話就是，「妳看起來不像心情不好嘛，一路上這麼聒噪！」

唷，他聽得見呀，那幹麼還裝聾作啞的？機、車！

「來吧！」

他領著我，熟門熟路地撥開長得幾乎要比我高的芒草，果然出現一道有人走過的小路。再往前，便瞧見猶如隱密在山裡的靜僻溪谷，有著柳暗花明又一村的驚喜。

好吧，我不得不說，這眞的是私房到不行的私房景點，眞的。

一邊走著，不絕於耳的流水聲由遠而近，路的盡頭便是一道蜿蜒的小溪，寧靜幽然地潺潺流動著。

「到囉。」

機車男簡單地報告，放下手裡的西瓜，一派悠閒地坐在溪畔的大石頭上。他捲起褲管，將光溜溜的腳丫泡在清冽的溪水裡面，「啊，好涼好舒服呀！」

他純眞得像個小孩，朝我露出開心的笑靨，招招手，「快來啊！」

「才不要！」我莫名地抗拒，「我怕水裡會有不明生物咬掉我的腳指頭！」

機車男才不以爲意，他涉水走來，大概爲了證明這裡沒有大白鯊或是威尼斯水怪吧。「來啦來啦，來這裡坐嘛！」

他拉著我過去，而我是盛情難卻，只好跟著他走，在他剛剛坐的大石頭上坐下。

「妳看，這裡很多小魚唷！」他指指我們身旁的水面下。

「眞的耶！」

我驚奇地睜大眼，新奇地打量著那群游來游去的小魚，突然就有那種想要逗逗牠們的念頭。

原本想伸手的，卻遲遲停在半空中。這裡眞的沒有不明生物會咬掉我的小指頭吧？

我還在心理建設，一道水花便嘩啦啦地潑在我的身上。我抬頭，機車男笑得洋洋得意。他一邊對我叫囂，「膽小鬼，平常看起來恰北北的，妳原來不只怕打針還怕水！」

我氣得不管三七二十一先潑水反擊再說：「什麼膽小鬼！你才是機車鬼啦！」

好吧，我承認我們兩個都很幼稚，因爲我們就這樣打起了水仗，你來我往互不相讓。說眞的，踏進清冽的溪水時，那股沁涼快意的感覺眞的很棒。

直到我們兩個全身濕透了，相互望了望對方滿是水痕的頭髮臉龐，這才說好停手。

「哈哈，看吧，這個溪裡才沒有什麼不明生物呢！」機車男朗朗說著，這傢伙，都說好停戰了還不忘糗我啊。

「啊，差點忘了！」他轉身跑回來抱了差點被我們忘掉的西瓜，又不知道去哪裡撿來一根樹枝，回到我的面前，笑咪咪地問我，「妳玩過打西瓜嗎？」

「很抱歉，我只玩過打地鼠。」我只能據實以報。

「很好，那今天就是妳的人生初體驗了！」

「什麼？」

是的，今天就是我的人生初體驗的，因爲還沒等我答應說要玩打西瓜這麼浪費食物的遊戲，機車男已經把樹枝充當木棍塞到我的掌心，他說因爲沒有帶到矇眼睛的手帕，所以他便用他的手掌直接覆上了我的眼。

頓時，視線一片黑，本來想要掙扎拿開他的手掌，直到感覺到他靠近的體溫，我背後碰觸到的厚實胸膛像能帶來安全感似的，情緒逐轉穩定下來。

他在我的耳邊說：「想想早上誰欺負妳啦，把這些臭傢伙的大頭都想像成是一顆大西瓜，是妳現在要打的大西瓜，就在妳的正前方，用力敲下去！」

「什麼？妳幹麼沒事和人家分手？難道是想打定主意要當嫁不出去的老姑婆嗎？」

媽媽刺耳的質問在耳邊迴盪，加上機車男絕佳的導引，原本早就忘了的我，登時絕得全身熱血沸騰，充滿殺氣！

「臭老媽！這麼會唸，不分青紅皀白就要唸我，妳以爲我想這樣嗎？妳以爲我很樂意被甩嗎？嫁不出去又不是我的錯，我有什麼辦法？

「臭慕綺！妳也莫名其妙地可惡，嫁一個好老公就算了，還這麼囂張這麼會生，一次就生三個小孩出來，害我壓力這麼大！

「還有，隔壁詹老師的女兒！雖然平時我跟妳無冤無仇，可是說眞的，妳長得沒我優、身材沒我好，這樣都能嫁出去了，那爲什麼我還在這裡？」

愈想愈氣，有人說過化悲憤爲力量大概就是這樣。我揮著樹根，胡亂敲敲打打一番，不知道過了多久，只覺得幾乎耗盡了全身氣力，直到機車男在我耳邊大叫「哇，眞的打中了耶！」才收手。

眞正停下來時，我才發現自己淚流滿面，原來我倔強的心，是眞的受傷了。

機車男沒有太訝異我失控的情緒，只是伸手，安靜地爲我擦拭臉龐縱流的淚水。

「我眞的好可悲，對吧？」半晌，我幽幽地說。

然而他沒有答話。

「只能自己在這裡氣我媽氣得要命，氣慕綺還有隔壁詹老師的女兒，可是我……我卻沒有辦法提起勇氣恨那個拋棄我的人。」

因爲我還愛他。

而且，我不知道怎麼辦。

「如果是我，就不會讓妳這樣傷心。」

機車男突然迸出這句話，我抬眼，凝視他異常認眞的深邃眼神，壓抑卻飽和的情感。

本來想揶揄他的，卻也不知道該說些什麼。我突然笑了出來，淚卻跌得更凶。

笨蛋，我說不出來。

謝謝你，謝謝你這麼善良，最後，我也說不出來。

而後，機車男在用他隨身帶著的折疊小刀處理被我擊中的西瓜，我則靜靜坐在他的身邊，無意識地放空。

「怎麼樣？心情好多了吧？」

不知道過了多久，機車男貼心地切了一片沒有遭我荼毒的西瓜，連同他依舊的關懷，一同遞上。

「吃西瓜消消火吧，順便補充水分。剛剛流了好多眼淚呢！」

聽到他這麼說，我不知怎地再度放聲大哭，一邊抱怨，「機車男你眞的很不會安慰女生耶。」

「嘿嘿，對呀，」他搔搔頭，一副很沒轍的樣子，「也是因爲這樣，被珊珊甩了之後我就一個人一直單身到現在了呀。」

他轉頭過來對我笑嘻嘻的，「我眞的很不懂女生喔？傻呼呼的像木頭一樣。」

「才不是呢！」聽到機車男這樣消遣自己，不知道爲什麼，我衝動地搶著開口反駁。

「嗯？」他感到奇怪，抬眼看我。

「我的意思是說……是說……」望著他的臉龐，我卻不知道怎麼接下去了。

我想說的是，機車男你是體貼的人，總是在我需要幫助時現身，無論是第一次見面那次，陪我去參加鴻門宴還幫我買衛生棉那次，我生病時照顧我那次，還有，今天。

我也是這個時候才發現，機車男，原來你一直陪在我身邊。

「吃你的西瓜啦。」我說不出來了，只能把他手中的西瓜硬塞到他的嘴裡。

他則笑得像個小孩子一樣，躲避著我粗魯的動作。「呵呵，好啦，我自己會吃啦。」

看著機車男這麼可愛的表情，心裡淨是說不出的欣羨。

眞好。爲什麼你就可以這樣處之泰然，我卻要承受我媽那樣歧視苛刻的言語壓力呢？難道因爲我是女生的關係嗎？身爲女生就這麼不值嗎？到底是誰規定的？沒有結婚的女人就沒有資格得到幸福嗎？

「呼……」一邊想著，我忍不住沉重地嘆了口氣。

「又怎麼啦？我的大小姐！」

「機車男，記得我之前問過你的嗎？是不是一過三十歲，我就眞的會變成出清不了的瑕疵品啊？」

「沒有的事。」他放下西瓜，很認眞卻又不會怎麼表達般地說：「就算眞的是出清不了的瑕疵品我也……」

大概想起來上次被我說他很機車的教訓，他又趕緊改口解釋，「啊，不是說妳眞的是瑕疵品的意思啦，我是說、是說……」

瞧他如此笨拙的反應，就算他沒有說明，我也懂得他的體恤了。

「妳是一個很棒又很漂亮的女生，是眞的，在我眼裡，妳有獨特的價值，不是像妳說的那樣。就算過了三十歲，妳也不會眞的變成出清不了的瑕疵品的。」

「眞的嗎？」

「嗯，眞的。」他點頭如搗蒜地一口氣說著，「如果過了三十歲妳還沒有人要，我就負責把妳娶回家好了。這樣妳不會變成出清不了的瑕疵品，而且還可以出來競選里長，以後選鎭長。」

我噗哧笑了。

這瞬間，被安撫了的心情終於平靜下來。我大口咬了一口西瓜，「哇，好甜。」

他也跟著開心笑了，「嗯，眞的好甜，對吧！」

然而，我沒有告訴他，再兩個月，我就要滿三十歲了

14

一直在外面待到傍晚，原本不想回家的我，在機車男循循善誘的開導下，最後還是硬著頭皮回來了。

我抱著一顆沒有遭殃的西瓜回來，遠遠就看見門口和隔壁詹老師聊天的媽媽，還有

詹老師家晃來晃去剛在學步的小胖金孫。

媽媽笑臉迎人地招我過去，「慕心啊，妳看詹老師家的小孫子多可愛呀！」

來這招？我心不甘情不願地配合演出，騰出手，意思意思地捏捏那個小胖的臉頰，做作的場面話還得從齒縫中硬擠出來，「眞的好可愛喔！」

「呵呵，你們家慕心年紀也不小啦，可以嫁囉，有沒有男朋友啊？準備什麼時候要結婚啊？」

「她啊……」

說到這個，媽媽立刻就有諸多不滿與抱怨要向隔壁詹老師投訴。我眞的很想問媽要不要乾脆拿大聲公在街上宣傳，免得去買醬油遇到鄰居要講一次，去菜市場買菜遇到學校老師還要再重複一次。

還有，隔壁詹老師，我跟妳很熟嗎？小姐我有沒有男朋友關妳什麼事？什麼時候準備結婚又關妳什麼事？如果因爲退休生活太閒沒事做，社會上還有很多需要關心的弱勢團體和家庭，請不要假藉問候的名義行妳八卦之實，我不喜歡，更不需要！

「唉啊，我們家慕心沒有這個福氣啦，早上我才聽她說的，她啊，跟交往很多年的男朋友分手囉，青春就這樣全部浪費掉了，現在都要三十了還……」

我、就、知、道。

咬著牙，偏偏我不吃這套，哼！

「唉呀唉呀，西瓜好重，手好痠喔，快要拿不動啦！」我手一鬆，作勢要將西瓜滾向那個小胖，嚇得媽媽和隔壁詹老師箭步向前急忙搶救！

媽媽接到了西瓜，隔壁詹老師則抱回了她的小胖金孫。

很好。

那，沒我的事，小的先行退下啦。

「我很想跟機車男說，我想我是吃不夠多西瓜，不然怎麼現在愈想還愈火大呢？」

晚飯過後，邊啃著西瓜，我一邊對電話那頭的尹婕抱怨。

「分手有什麼了不起的，那個機車男看起來這麼好把，手一招就來了，只是看妳要不要而已，妳媽眞傻，女兒嫁得近，以後老了要是中風也有人可以幫忙把屎把尿呀！」

「呃，雖然我現在眞得很氣，可是，怎麼聽起來像在詛咒我媽啊？」

頓時，我們兩個都無言了。

「啊，我看我再多吃兩片西瓜好了，消消火、消消火！」

「對啦，多吃一點西瓜，營養又健康，包妳吃了通體舒暢、出入平安！」

雖然知道尹婕說話就是這樣麻辣直接，但是，但是我……

大概是吃太多西瓜的關係，隔天我眞的「通體舒暢」了。

向機車男告知瘋狂科學課我是無法前去時，我又頂不住那股從身體深處發出的邪惡勢力，只得匆匆結束通話，「啊，不跟你說了，我肚子眞的好痛！」

然後，就在同一天，瘋狂科學下課後，機車男特地到家裡，煞有其事地交給我一袋裝滿各種口味巧克力的牛皮紙袋。登時，我覺得自己好像剛參加完萬聖節活動的小孩，這些看來甜滋滋也肥滋滋的巧克力都是我齜牙咧嘴對著大人嚷嚷「不給糖就搗蛋」的戰利品。

當然，這個想法我沒說出來，不然機車男一定認爲我上次感冒發燒眞的把腦子燒壞了。

總而言之，我還是接收了這袋愛心巧克力，「請問這是怎麼一回事啊？」

他則以一副「妳的心事我都懂」的了然表情回應我。

這傢伙不會以爲我早上喊肚子痛是因爲我「又」那個來在鬧生理痛吧？他不知道女人的月經跟發薪水一樣，是一個月一次的嗎？

再睨了一眼滿臉堆滿溫柔笑靨的機車男，嗯，我肯定他眞的不知道。

稍晚，晚餐過後想來個甜點，剛好想到機車男送來的愛心巧克力，隨手從袋子抓了一條七七乳加，不吃還好，一吃還眞的想再吃第二條。

天使般的弟弟從我身邊經過，於是見者有分，人人有獎，我也抓了一條給他。

「嚕呷嚕好呷！」邊吃，弟弟眼睛發亮地冒出了這句經典廣告詞。

「對吧，這個還眞是從小吃到大，可謂是經得起歲月考驗的跨世代零食耶！」

我吃完，再想從紙袋裡掏個金莎之類的來吃，媽媽已經從廚房幽然地飄到我的眼前了，「少吃一點，不要已經一把年紀了還發胖，小心會更嫁不出去！」

媽妳還眞是哪壺不開題哪壺！

我抬眼，抬起一雙因爲發怒而炯炯有神的眼睛，「媽，妳知道嗎？有人啊，長得不優身材普通，只能主打溫良賢淑宜室宜家才嫁得出去，我啊，長得漂亮身材火辣，知識水準學歷也正好在一定的水平之上，所以沒在怕嫁不出去啦，只是看我要不要、想不想而已！」

說著說著，突然想到什麼般，我伸手抓起巧克力，「看！我都還沒出手，一個痴情傻小子就自己送上門來！」

「啊？二姊，妳說三不五時就來我們家報到的那個王老師喜歡妳啊？」

當然，這其實是我胡謅的，但是爲了充充場面，抱歉啦，機車男，就借我拿來說嘴一下嘛，反正他也不會知道。

「難怪啊難怪，我就想說他怎麼一副很想嫁來我們家當媳婦的樣子，一下巴著老爸泡茶聊天，一下又跟在媽屁股後面猛誇媽媽的手藝好。我還想說我沒有那種癖好和傾向啊，每次看他這麼積極想找我說話，含情脈脈的眼睛對我眨呀眨的，我都不知道怎麼拒絕他呢！原來他肖想的是二姊妳唷！」

我故作無辜又驕傲地對著媽媽猛眨眼點頭。

「沒辦法，我就是這麼漂亮又可愛，即便是將近三十歲，歲月也無法在我這張稚嫩的童顏上留下一絲痕跡啊。」

「嘖嘖。」弟弟則拿著研究古怪生物般的表情望著我，一邊伸手搓我的臉。

「嘖什麼嘖啊，幹麻搓我？沒大沒小的！」我拍開他還沾著巧克力的髒手。

「搓搓這張看似稚嫩的童顏有多厚啊！」他笑得很欠揍，還有，刻意誇張的語調也很欠揍，「三十歲的女人耶，挖，光用想的就覺得好可怕……」

「對吧對吧！都已經要三十歲了還這麼沒有危機意識，等妳老到滿臉皺紋、胸部下垂看還有誰會要妳！」媽媽得意地將翹得高高的屁股靠到弟弟那一國去。

這兩個現在是同盟了嗎？這吃裡扒外的弟弟，虧我剛剛還拿巧克力餵他呢！可惡耶，把我的七七乳加巧克力吐出來還我呀！

「也是啦，」我先深嘆口氣，接著仰望蒼天，「那……」

最後，我將狠勁十足的目光殺向媽媽，一個字一個字從牙縫裡蹦出，「那麼，五十七歲的女人呢？滿臉皺紋？胸部下垂？」

我落了個空檔，沒再繼續往下說，只是，我抖著肩膀的樣子已經足以惹毛媽媽了。

如此這般，我只能用自以爲青春童顏的厚臉皮築起堅強的高牆，他們殊不知道，我也不想這樣，竟還是在我隱然作痛的傷口上灑鹽。

我卻不能喊痛。

15

某天早晨剛吃完早餐，媽媽趁我還坐在客廳看報紙時，不知道從哪裡蒐集來的一堆照片全部攤在桌上，開門見山地說了要我去相親。

「不就還好妳有穩定的工作，這樣才稍微能夠彌補妳本身的不足！」

聽到媽媽語調尖酸地這麼說，我忍不住挑眉抬頭看她。

我是缺手缺腳了還是怎麼？什麼叫這樣才稍微能夠彌補我本身的不足？

媽媽也不甘示弱，一副「非要我講嗎？妳知道的啊」的苛刻表情，教人心裡非常不舒服。難道對一個母親而言，沒有嫁出去的女兒就是她人生最大的敗筆和恥辱嗎？

這會不會太不公平了？

我沉著一張臉，如果媽媽非要這樣，那我也沒有什麼好隱瞞了。

丟下報紙，我霍然站起身來，「老實說，我也失業了！」

「妳說什麼？」媽媽難以置信地大叫出來，連一旁的爸爸也停止手中沏茶的動作看我。

「我辭職了，因爲不想再看到張至迅，也不想聽到公司同事在背後指指點點。閒話一堆，很煩。」

趁媽媽還沒有反應過來咆哮的空檔，我就這麼直接了當說下去，「還有，順便告訴妳，並不是我自己要分手的，是張至迅劈腿，最後他選擇要娶對方，因爲那個女的已經懷孕了。」

「妳！」媽媽衝了過來，有那麼一秒，我曾經閃過媽媽會不會心疼或是安慰我的短暫念頭。

結果，都只是我自己想太多。

「妳怎麼會這麼笨？沒了男人竟然還自願丟了工作，這顆腦袋到底是在想什麼啊？我怎麼會生出妳這樣的女兒！妳姊姊慕綺就不會這樣讓我操心！」

我倔強地撇過頭，並不想讓她看見我無聲氾濫的眼淚。

「我又沒叫妳生我！」最後，我落下這樣的氣話跑開了。

回到房間，我再也承受不住地崩潰痛哭出聲，發洩地將櫃子上擺放的所有書本瘋狂掃落，還摔壞了張至迅第一次出國出差送我的地球儀擺飾，直到耗盡全身力氣才放棄，停止破壞，終於無力地癱坐在地板上。

傻傻望著那個壞了的地球儀，即便是後悔，卻也無法修復了，就像是張至迅和我的感情一樣啊，頓時，我明白了。

抱著那個殘缺的地球儀，緊緊環住自己的膝蓋，我瑟縮在角落。

不知道過了多久，爸爸沒有敲門就直接走進來，拉了張椅子坐在我的面前。

他瞅著我爬滿淚痕的臉龐好久，沉默片刻，才又開口。「妳知道的，妳媽是關心妳。」

我別過臉去，任性地悶不吭聲。

心裡混雜著被媽媽狠狠劃傷的痛楚，以及牽怒爸爸的抱歉。這個時候，眼淚又不聽使喚地瘋狂落下，我低著頭，不想被爸爸看見。

「妳因爲早產的關係，身體一直不是很好，小時候就常常生病，總是三天兩頭跑醫院住院打針。因爲慕綺從來不曾這樣，所以妳媽媽覺得很對不起妳。她一直覺得沒有把妳生好、照顧好，因此，老實說，三個孩子裡面她最擔心的就是妳。她擔心妳的健康，怕妳沒有人照顧，所以很希望妳有個好的歸宿，她才會放心。」

「因爲這些冠冕堂皇的關心，就可以這樣疾言厲色地說話嗎？媽卻不曉得這樣的關心眞的讓我很痛很難受嗎？婚姻本來就不能勉強嘛，不然要我怎麼辦？去搶婚嗎？還是隨便找個男的先有了孩子再逼他娶我？」

爸爸安靜了一下子。

面對我失控的反問，他也只能選擇默默包容，偏著頭想了想，問我，「那，往後妳打算怎麼辦？」

「我會再找工作。」

「既然這樣，就回來台中工作吧，我們也好照顧妳啊。」

我緊抿著唇，倔強地不發一語。

只是，抬眼時，不意望見爸爸那發白的鬢角與日漸稀落的頭髮，他語重心長的沉重表情一下子老了很多，眼鏡底下那道皺紋什麼時候被歲月刻畫得如此深刻了，我從未注意到。然而，這個小發現讓我好難過，心不自覺地緊緊揪著。

我沒有能力照顧好自己。都已經這麼大，了非但照料不了自己，更顧及不到爸媽，還要讓他們擔心，所以，爸爸才會說出這樣的話。

對不起，我覺得好對不起爸媽……

「回來，好嗎？」爸爸再又提了一次。

我看見他眼裡滿是殷切的期盼，卻仍倔強地賭氣，「回來，只會讓媽媽更看不下去吧！」

「慕心！」爸爸用那麼無奈的語氣喊我，那情緒彷彿滲透到我這邊，讓我幾乎無力招架，卻始終打動不了我。

「再看看吧。」最後，我如是說。

大概是眞的被我氣到了，中午的時候，媽媽頻頻嚷著身體不舒服，一下子頭痛，一下子胃痛的，嚷著她老了病了沒有胃口，不想吃飯，就快上天堂去見阿嬤了。

我們都拿這樣任意賭氣的媽媽沒轍，機車男剛好要過來，我請機車男去買了媽最愛的那間餃子館買了吃的，在半哄半勸之下，媽媽才肯乖乖吃飯。

「謝謝你。」飯後，我對機車男說。

「小事一樁，這沒什麼，」他體貼依舊，關懷的眼睛是這麼專注直接，「倒是妳，妳還好嗎？」

「嗯。」我點頭，卻再也擠不出什麼話語。

善解人意的機車男一定也看得出來，只是沒有明說而已，「暑假也要結束了，妳要開始認眞找工作了吧？」

「嗯。」

「會回台北嗎？還是……」

不知何以，我突然想起早上和爸爸的那段對話，心，還是緊緊的，始終開朗不起來，我眞的覺得自己很糟糕，很沒用。

只是，沒等我接話，他欲言又止了一會兒，又開口，「如果我說，留下來，不要回台北，妳會不會考慮……」

他笑了笑，又反悔似的。只是，誠實的表情騙不了人，那雙笑得燦亮的眼裡藏不住滿滿的失落與語焉不詳的情感。

「沒什麼，當我沒說。」

回來，好嗎？爸爸也是這麼問我的。

只是，如果留下來……

這天夜裡，渾沌濁亂的思緒不斷反覆空轉，心情怎麼都無法沉澱，來回拉扯，像要把我撕成兩半似的。爸爸那般無奈的表情還映在我眼前，以及機車男滿是期待卻欲語還休的樣子。如果我留下來……

手機沒有預警地作響，心有靈犀般的，是尹婕的來電。

我的苦惱無須解釋太多她就能明白，只是，她那直話直說的性子劈里啪啦地說著，「雖然有機車男這麼可愛的男人陪是很不錯啦，可是妳確定妳要留在東勢那個偏遠地方不回來了嗎？那裡能有什麼發展啊？難道要種橘子？還是賣菜？妳確定妳捨棄得了以前在工作上那種野心勃勃的幹勁，甘心過著與世無爭的平淡生活嗎？」

我幾乎無力招架，只能喃喃著，「我不知道，我只說『如果』……」

「完了完了，」尹婕在電話那頭近乎崩潰地大叫起來，「要是繼續留在那裡，妳就要一輩子當村姑了啦，妳該不會眞的嚮往種田養鴨的田園生活吧？

「老實告訴妳啦，現在分公司海外發展部門那邊有一個缺，當初就是因爲還不確定所以沒有告訴妳，但是現在……」

「我再想想吧。」

「再想？妳再這樣猶豫不決地考慮下去……」難以置信我的淡定，她已經歇斯底里，「月底就是中秋節了，再沒幾個月就到年底，那時人事調動完，這個肥缺鐵定就沒了啦！」

「好，我知道了。」

「好，妳知道了？」尹婕高八度音，重複了一次我的回答，「慕心，妳到底怎麼了？以前的妳，不是汲汲營營想往高處爬、渾身充滿衝勁嗎？現在怎麼會變得這麼舉棋不定，到底爲什麼啊？」

「……」我回答不出個所以然。

沉默的時光又流動了一會兒。

直到掛上電話，我都沒能回答出尹婕的疑問。老實說，我也說不上來，真的不知道為什麼。

凝望窗外就快圓了的月亮，這夜，莫名有了失眠的預感。

16

中秋節當天，因為慕綺那位模範好老公還在執業，說好了她會帶著三胞胎先回娘家過節，我站在街口等候接應，未見人影，已經先聽見小孩稚嫩的笑鬧聲，定睛，遠遠地便瞧見三隻身穿小雞裝的毛茸茸生物，跌跌撞撞地朝我這個方向緩慢行進。

「來，叫阿姨！」慕綺一聲令下。

「阿姨！」

「阿姨！」

「阿姨！」

我望著三張一模一樣的臉龐前前後後對著我喊阿姨，頓時有種頭昏眼花的錯覺，而慕綺每天都要經歷這種眼花撩亂的狀況，我真的深感佩服。

「來，叫舅舅！」進門，慕綺望見坐在客廳沙發上看電視的弟弟，再度一聲令下。

「舅舅！」

「舅舅！」

「舅舅！」

我轉頭看弟弟也一副暈眩想吐的表情，真的不是我們的問題啊。

「慕綺回來啦！」

爸爸下樓，喜出望外地看著慕綺，當然，慕綺也沒有讓爸爸失望，第三度一聲令下，「來，叫阿公！」

「阿公！」

「阿公！」

「阿公！」

「乖乖乖，阿公抱，小智小仁小勇都長大啦！」

爸爸看見可愛的三達德外孫，立刻綻開蜜糖般的笑靨，伸手擁抱三隻毛茸茸的小雞，一點都沒有天旋地轉等等的副作用。我和弟弟都看傻眼，莫非爸爸那副老花眼鏡有防暈功能嗎？

「媽，我回來啦！」

最後，慕綺朝廚房先打招呼，放下手上的超大媽媽包和三隻小雞，隨即進入廚房擔任起二廚的角色。

「等等要準備什麼菜色回外婆家啊？」爲了擺脫眼花撩亂的感覺，我跟著進廚房想幫媽媽和姊姊的忙，才要捲起袖子，就慘遭打槍。

「妳又不會煮，別在這裡礙事，去幫忙看著小孩吧！」

就這樣，我摸摸鼻子，再度回到客廳，和弟弟還有爸爸三個人負責看好小孩，不讓他們把屋頂給拆了。

只是，這三隻穿著小雞裝的小孩怎麼也不聽使喚，到處趴趴走，一下子摔摔電視遙控器，一下子又要扯下爸爸的老花眼鏡，怎麼也不肯乖乖就範。

登時，整座客廳被弄得雞飛狗跳的。

在爸爸所剩無幾的頭髮被拔光之前，我靈光一閃，拿出先前機車男給的那袋巧克力，這三隻小雞還眞的像見到雞飼料般，開始啾啾地張嘴要討吃。

「這招好像有效耶。」弟弟湊過來看戲。

「那當然！」

我於是拿出訓練小狗的精神，手上握著七七乳加巧克力，將三隻小雞引導到沙發上坐好。

「來，坐下！坐下！乖！」看吧，沒兩下就搞定了！

我一時得意起來，想要開始訓練他們一些花招，先來點簡單的好了。

「來，握手！握、手！」

其中，長得最圓滾滾的小智率先伸出手，將胖嘟嘟的手掌放在我的手上，眞聰明耶，我開心地把巧克力交給已經學會握手的小智。

小仁和小勇看了也跟著學，我又想到了新招，打算教他們撲倒。

連爸爸這樣資深的教育學者都看傻了眼，他忍不住喃喃道：「這方法有效是有效，不過，怎麼好像在訓練小狗一樣啊……」

慕綺剛好從廚房走出來，一邊抹著手，一邊衝到我面前大叫，「劉慕心，他們是小孩，不是狗耶。」

「我知道啦，」慕綺幹麼這樣大驚小怪的，我摸摸小智頭上那小雞裝的小雞冠，「狗怎麼會有這個雞冠頭？」

「媽！妳看劉慕心啦，她竟然……」慕綺一副快要昏厥過去的誇張樣，轉身，沒轍地往廚房大叫。

媽接著從廚房走來，一副「看吧，她就是這樣，沒救了啦」的悻悻然表情。

我則不以爲意地翻了個白眼，嚼起七七乳加巧克力，不知道她們還想怎麼樣。

稍後，回到外婆家，車子還沒停好熄火，舅舅已經站在路邊向我們猛搖手了。

這就是我們家族的不成文規定，也是每年中秋節既定的家族聚餐。所謂月圓人團圓，應該就是這個意思。

不過，今年我是怎麼也不想回來的，因爲……

「唉啊，都回來啦？瞧這三隻小豬多可愛啊！」某位阿姨遠遠看見，便熱情地大聲嚷嚷招呼起來。

慕綺不虧是生過小孩、見過世面的成熟大人呀，她不慌不忙地陪笑，「呃，阿姨，他們其實是小雞啦！」

「哈哈，對、對，奇怪我怎麼這麼順口就說出三隻小豬呢……」阿姨跟著爽朗大笑起來，接著不著痕跡地轉移話題，「喂，慕綺，妳老公沒跟著回來呀？」

「喔，對啊，義仁今天要加班！」

然後，阿姨自然而然地把目光轉向我，「咦？慕心沒帶男朋友一起回來呀？」

其實我很想像慕綺一樣，用成熟而且稀鬆平常的口吻回答說，喔，對呀，紅豆今天也要加班，但是……

但是慕綺最討厭人家把她老公義仁當作「薏仁」。不過，她老公就叫薏仁，那我男朋友應該叫紅豆嘛！

「我呀……」

我再度回神想到自己已經是單身狀態時，媽媽不知道從哪裡竄出來，已經搶先擋在我面前，「她呀，哪有什麼男朋友可以帶回來，早分手啦！」

「什麼？不是交往好多年了，年初的時候還說要結婚？」

「是啊！」媽媽深感惋惜，痛心疾首地繼續說著，好像我不在現場一樣，「當初就是我們慕心不積極，沒有先把婚事定下來，才被人家搶走了，現在對方都結婚囉。」

「這樣啊……」

我不想再聽下去，卻也無處可躲！愣在原地，只能逕自放空再放空，努力忽略阿姨同情憐憫的眼神，並且嘴上說著，沒關係，下個男人會更好，阿姨幫妳介紹個好對象怎麼樣？有個好對象，家裡很有錢唷，有一大片農園耶，是種柿子的……

幻聽了一樣，就這樣，整晚大家最愛問的就是我的紅豆男朋友怎麼沒跟著回來讓親戚看看啊？什時候要結婚啊？什麼？分手了？唉呀，她被甩了啦，對方早就娶老婆了，還懷孕連小孩都有了呢，交往這麼多年都枉然啦。

親戚們高談闊論著我告吹的婚事，聊著聊著，像在說茶餘飯後的笑話一樣哈哈大笑，我也跟著傻裡傻氣地哈哈笑了出來。

笑完，轉身，趁沒有人發現的時候默默退場，走上樓躲進一間沒有人的房間，鎖上門。

手裡還捏著不知道哪個親戚硬塞給我我吃的月餅，他說這很好吃。

是嗎？

我下意識撕開包裝袋，大口大口咬下月餅塞進嘴裡，想藉由這樣甜膩的滋味取代胸口的苦澀與酸楚，卻徒勞無功。喉間像是被什麼東西哽住，好悶，好緊，幾乎無法呼吸，好像下一秒我就要因此窒息了。

這瞬，淚水無聲泛濫，撲簌而下。

一個乾嘔，這晚受盡的嘲諷與委屈都隨著再也嚥不下的月餅，全部吐出來了。

我拚命擦掉停不下來的眼淚，卻怎麼也拯救不了近乎崩潰的悲傷，弄不清楚自己到底怎麼了，也搞不懂究竟自己是什麼地方確切地痛著，只知道我好狼狽地受傷了。是眞的認眞的受傷了。

我不想再待在東勢。先前的躊躇猶豫都在這刻煙消雲散，我內心暗自做了一個誰都不能再改變的決定：要趕快找到工作回台北才行。

隔天一大清早，我刻意上了妝，穿著一身正式服裝下樓，向正在吃早餐的爸媽說明要去台北面試，我會搭高鐵北上。媽媽追問著今天會不會回家吃晚餐，怎麼不在家陪慕綺還有小孩玩呢？

我頓時語塞。因爲根本沒有那間公司。

我只是想要待在家裡，繼續成爲慕綺幸福婚姻生活的悲慘對照組而已。

「那我先出門囉，怕趕不上高鐵！」

眞可笑，我還得看著手上的錶，演出一副就怕遲到的戲碼，匆匆出門。

直到出了巷口，閒閒沒事地坐在兩條街外的便利商店休閒椅上，打電話給尹婕，她沒有接，我才遲鈍地想起，前兩天她隨口提到似乎要去香港開會。

這下可好，除了尹婕，我實在想不出來這個時候能打電話找誰。

才愁著今天要去哪裡消磨這麼多餘的時間，突然我困頓的思緒被斷然打岔，「慕心？妳在這裡幹麼？」

我抬眼，是機車男。他正一臉驚喜地朝著我笑。

我可沒有他那麼開朗的好心情，只能雙手撐著下巴，繼續皺著眉毛深思我今天到底要怎麼打發時間。

見我沒搭話，他也早就司空見慣，自己解釋起來，「我來幫我爸買電池，客廳的電視遙控器沒電了。」

「喔。」我意思意思地點點頭，隨便敷衍兩句。「那你買完不要在外面逗留太久，快回家啊，乖。」

「嗯，買完我就直接回家了，」語畢，他看看我，有點傻氣地笑著稱讚。「慕心，妳今天打扮得好漂亮啊，是要去哪裡嗎？」

「對啊，我今天要去面試。」

「眞的嗎？」

這機車男有沒有這麼關心我啊？不是說要趕快買完電池回家嗎？怎麼一聽到我要去面試，幾乎都要拉椅子到我身邊坐著聊起來啦？

「在哪裡啊?要不要載妳一程?」

「在台北。應該是吧,我是這樣跟我媽說的。」

「什麼意思啊?」

他聽得一頭霧水,我不得不據實以報,機車男則擺出一副拿我沒辦法的樣子。我要他不用管我,先回家,畢竟他爸還在痴痴地等他的電池呢。

「那妳怎麼辦啊?」機車男的目光還很不捨地黏在我身上。

「不用管我啦。」我已經重申第二次了。

「眞的嗎?妳一個人耶,怎麼不說近一點的面試地點,這樣好早點回家啊!」

但我就是不想待在家啊,傻傻的。

可是我沒有說出來,反倒催促機車男,要他趕快回去。「好啦,不用擔心我了啦,我都多大年紀的人了,你快點回家,你家爸爸還在望你早歸呢。」

「喔,好吧。」

就這樣,我拍胸脯再三保證自己沒事,還十八相送地送他送到店門口,終於把他送走,只是……

五分鐘後。

「嗨，小姐，一個人嗎？」

我一抬頭，難以置信地揉揉眼睛。我看錯了嗎？怎麼又是機車男啊？

他自然得像是剛剛從來沒有巧遇似的再度出現在我的面前，笑嘻嘻的燦爛面容連曬在街道上的陽光都略遜一籌。

我傻眼了。

那，五分鐘前那個和我一路十八相送到店門口的人到底是誰啊？

但是，不知怎地，我隨即噗哧地笑了。

「是，小姐一個人，要搭訕趁現在，這機會可是千載難逢唷！」

17

我就這麼讓機車男領著走了。

當他問我想去哪裡時，早秋爽朗的風輕柔吹送，吹著他那頭巧克力色的短髮，我的心緒也隨之飛揚。我問他，之前你說過，心情不好的時候去騎腳踏車，風真的會把壞心情吹走對吧？

他則理所當然地點頭，回答我「對呀」。

「那我們就去騎腳踏車吧。」

不懂我這百般愼重的表情到底爲何，出發之前，幾經思量，我又補充了一句，「但是在那之前，我有個祕密要跟你說。」

「什麼祕密？」他好奇的模樣很可愛，圓睜著澄澈的眸子，像小朋友一樣期待。

我忍不住故意逗他，「那你得拿你的一個祕密跟我交換，這才公平。」

他偏著頭，彷彿也是歷經深思熟慮般之後應許，「好啊，那我跟妳說，妳保證不能說出去喔，我國小三年級的時候，有一次午休在教室裡尿褲子了。」

「什麼？」

「哎唷，反應不要這麼大啦，妳不能說出去喔。」他轉向我，嚷嚷著求饒的模樣也好可愛。

我笑了出來，但仍忍不住繼續使壞，「誰要聽這種祕密啊！再說一個來聽聽。」

「沒有了，我的人生過得光明磊落的……」

我不甘心，開始催眠般地試圖引導他，「像是以前暗戀過誰啊，跟誰告白過被拒絕之類的……」

不知道爲什麼，我就是私心地想知道他的過去。除了那位身材已經嚴重走山的珊珊不算，他還喜歡過幾個女生？喜歡怎樣的女生呢？那像我這樣的呢？

我想得偏了，沒有發現怎麼會想到自己身上卻遲遲沒有察覺。

他搔搔頭，想了又想，最後驕傲地向我報告。「我沒有被拒絕過耶。」

「這麼囂張？」我嗤之以鼻。

「因爲我只有追過珊珊嘛，也只有跟她告白過呀！」

「我說完了，」話鋒一轉，這傢伙原來也有精明的時候，還記得要反問啊。「那妳呢妳呢？換妳說了！」

我攏攏髮絲，天助我也，正好兩個人走著走著已經來到上次那間腳踏車店門口。

沒等我開口，租車店老闆便親切地出聲招呼，「兩位好，需要什麼呢？」

機車男想都沒想地直覺指了前面一排單車，「就這個吧，我們要兩輛！」

「等等！」

我眼見不對，趕緊拉住機車男，小聲附在他的耳邊說：「其實、其實我剛要跟你說的祕密是……」

「嗯？」機車男抬眼望住我。

「咦？」就連租車店老闆也屏息以待，等我宣布我要說的祕密。

「就是我不會騎腳踏車啦！」我的聲音弱得像隻不經意飛過的小蚊子。

「什麼？」租車店老闆聽聞，頓時爆出戲劇化的反應和表情，「小姐，妳不會騎車還跑來我這租車店，這是要拿我開玩笑嗎？」

我癟著嘴，怎麼也答不出來。

只是因爲今天……

「今天天氣這麼好，任誰都會想出來吹吹風嘛，那我們就選旁邊那輛協力車好了，」沒有料到機車男突然搭腔，笑嘻嘻地幫忙打圓場，「哇，能載到這麼漂亮的小姐是我賺到耶！」

登時，我感動得幾乎要抱住機車男痛哭流涕了。

「你這個好傢伙，眞是叫我不愛你也難啦！」我大剌剌地摟著身型高我一截的機車男，大搖大擺地走去準備牽車，全然沒有注意他不怎麼自在的扭捏動作以及泛紅臉龐。

「走走走，我們這就去吹吹風呀吹吹風！」

當我們牽出協力車騎在有綠蔭涼風的腳踏車道，我還是覺得相當不可思議，這樣的體驗是如此新奇。我盯著努力騎車的機車男後腦杓，慢慢試圖放手，假裝自己是騎車高手正在耍特技，再慢慢放開雙腳，偷懶不踩腳踏板，協力車依舊緩緩往前進，迎面而來的徐徐夏風眞的像有什麼魔力般將我原有的雜亂思緒都吹散帶走。

「好累啊，」偶爾，機車男也會趁揮汗之餘轉身過來看我，「妳到底有沒有努力踩腳踏板啊？」

我則趕緊假裝很勤勞並且氣喘吁吁的模樣，「喔，有啊，腳好痠唷！」

騎了好一段路程，經過樹蔭濃密的隧道，再過去就彷彿撥雲見日般來到東豐鐵橋，藍天底下是滔滔洶湧的大甲溪。我雖然身爲東勢人，卻也從來沒見過這樣的寬闊風景，我們決定在這裡駐足休息。

機車男將協力車停靠在路邊，我們步行走上鐵橋，一面瀏覽著橋下的峽谷湍流，一面要將視線拉得更遠更遠些，才能將這座豪氣澎湃的山水畫面盡收眼底。

沒有發現我們就這樣看著看著眞的走得遠了，直到我腳底傳來陣陣抗議般的疼痛感，我才停下腳步，望望那雙爲了要去「台北」面試而套上的黑色高跟鞋。

「怎麼了？」機車男發現了我的不對勁，跟著轉頭過來關注。

原本想暫時脫下鞋子歇歇腳的，一見到機車男轉身過來，我只能尷尬地打住，連忙搖頭，「沒事！」

「還說沒事？」

顯然他已經看到我了。他走過來，扶著我到路邊坐。儘管我不願意，還是摘掉了我的鞋子查看。

我心裡吶喊著：別這樣，這鞋子穿一整天了，要是讓你聞到什麼奇怪的味道我乾脆咬舌自盡算了……

「看吧，腳都已經紅成這樣，連腳後跟都磨到脫皮了，還說沒事！」他似乎沒聞到什麼奇怪的味道，我才正要放心，機車男已經蹲了下來，將我整個人拉過去靠在他背上，不管我願不願意，他都要決定要揹我上來。

「你幹麼？」我嚇得頓時大冒汗，兩手在半空中胡亂揮舞不知道該抓哪裡好，「放我下來啦！」

「安分點啦，我揹妳到協力車那裡就好，等等我載妳就可以不用再穿著鞋了，妳不要亂動啦，等一下掉到河底我也救不了妳唷！」

我還在機車男背上扭啊扭的，怎麼樣都平靜不下來。

況且，怎麼可能平靜得下來嘛，我的酥胸貼著他的後背耶，這樣零距離的貼近讓我想像力豐富的腦海又開始浮現機車寶寶爬滿地的景象……

直到回到協力車上，我不受控制的思緒還飄盪在若干年後。機車寶寶爬滿地的場景不斷隨著我眼前流逝的風景作變換，一下子是在木棧道邊的休憩小涼亭爬滿地，一下子是在遊客中心爬滿地。一下子是爬在綠油油的草坪上正在吃花。喂喂，機車寶寶三號，那朵花不能吃啦！

機車男，你兒子是花痴耶！

他見我魂不守舍的模樣，沒有想得太多，只直覺認爲我大概玩得累了。傍晚，我們退還協力車，飢腸轆轆的兩個人去到豐原打算覓食。我還在想，去廟東是先吃清水排骨麵，還是先吃個菱角酥當開胃菜，機車男卻莫名其妙地繞過香味四溢的廟東小吃街，直達另一頭的太平洋SOGO。

我睨著他，「你不會是想吃鬥牛士吧？我失業，身上可沒幾個銅板唷！」

他才沒理我，把我丟在廁所前的座位就溜得不見人影，哼，這機車男，該不會就這樣被一客幾百塊的牛排嚇跑吧？

我揉揉仍在發疼的腳，情不自禁地又想起不久之前他揹著我走的時候，他蓬鬆的頭髮、寬闊的肩膀，以及伏在他的背上時聽見的均勻呼吸聲。即使是現在，只稍閉上眼，鼻息都還泛著機車男身上好聞的洗衣精香氣。

「妳在聞廁所的味道喔？」

我甫一睜眼，才發現原來那樣好聞的洗衣精香氣不是記憶裡的氣味，而是機車男眞的回來了，手上還多了一袋戰利品。

來不及反駁，我盯著他那袋戰利品，「呃，百貨公司週年慶時間應該還沒到吧？」

「嗯？」機車男顯然不懂我在說什麼，他逕自打開紙袋，從看似精美的鞋盒掏出一雙平底娃娃鞋。「來，試試看合不合腳。」

我沒有反應過來，只能順著他的動作，像童話故事裡，王子終於找到灰姑娘般地讓王子爲她，不，是爲我穿鞋。

我還深陷在這份浪漫感動中，久久無法自拔。怔怔然望著腳上的娃娃鞋，並不是美麗奪目的那種外型與顏色，而是低調保守的素色，很像機車男會選擇的風格。

這不是一雙會讓女生尖叫而且爲之瘋狂的鞋，但它絕對百搭，是可以陪著女生走過漫漫長路的鞋。這樣的鞋，讓我想起了一直陪在我身邊的機車男，想起了他總陪著我的種種經歷，不論被我捉弄，面對我的失控，他都能默然包容。

這一刻，我眞的覺得自己像是備受寵愛的公主，幸福得快要哭了。

「怎麼啦？是不是我的眼光很差啊？」機車男擔憂地望住我泫然欲泣的表情，小心翼翼問道。

而我卻怎麼也無法坦率，扁著嘴，也要小心翼翼地屏息，不讓感動的眼淚落下。

「這雙鞋眞的這麼難看啊？專櫃小姐明明說賣得很好啊。」他小聲地自言自語，一個起身，才下決定心地對我說：「那我去換一雙吧？」

不要，我就要這雙！

沒說出口，我已經拉住機車男的手，要他別走。

18

換上了機車男爲我買的平底娃娃鞋，我突然感覺再去騎個兩趟協力車都沒問題。

當然，這只是說說的，我們兩個早就餓壞了。

步行前往隔壁人聲鼎沸的廟東時，媽媽來電關切，問我是不是在從台北回來的路上了，要不要幫我多留點菜。而我，身處喧鬧的街頭，明明離家不遠，卻還是……

昧著良心，我又扯謊，「我還沒上車，你們先吃吧，不用等我。」媽媽還在電話那端交代，要我別太晚回家，要是回到台中趕不上末班公車再叫弟弟去車站接妳啊！

不是沒有聽到，也不是無動於衷，只是媽媽無常的關懷真讓我無力招架，我只能佯裝外面車水馬龍的聲音太吵雜，聽不見她殷切盼著我回家的叮嚀，匆匆掛上電話。

頓時，有種背叛的矛盾，既痛快又充滿罪惡感。

「師母打來的？」一旁的機車男不用多加揣測便能知悉。他逮住我的目光，「那我們要不要先回去了？」

搖搖頭，我只是不發一語地倔強著。

就這樣，我們還是按照原本的計畫，大啖清水排骨麵，又合力啃完一大份的鹽酥雞和菱角酥，最後還來個古早味的飯後甜點涼圓。

吞下最後一顆涼圓，我心滿意足地捧著已經隆起的小腹，「完了，吃了剛剛那堆熱量超高的食物，明天量體重的時候我要尖叫了！」

「明明就瘦巴巴的嘛！」機車男瞅著我笑，眼裡有著說不出的寵溺，「不然，今天半夜我就潛進妳房間，把妳的體重計偷偷搬走好了！」

「好啊。」我也跟著打趣地笑了。

不知道爲什麼，突然有種奇怪的感覺，好像遇到再怎麼糟糕的事情，只要有機車男在，一切就變得不那麼討厭了。

就像現在。

離開了廟東，機車男學我摸著飽足隆起的小腹，問我接下來要去哪裡。

「那我們再回去騎腳踏車吧？」我故作靈機一動。

機車男則被我天外飛來一筆的想法嚇得幾乎跪地求饒，「不會吧，還騎啊？」

見他那張五官全皺在一起的苦瓜臉，我不禁莞爾。他不知道，我只是想表達，有他爲我換上了舒適好走的鞋，天涯海角我都願意愛相隨了。

微笑望著他，當然，我沒眞正說出來，只是欣然著瞅著他的臉龐，什麼時候開始，除了已經不討厭這傢伙了之外，似乎還有那麼一點點的……

是什麼感覺我也說不上來，總之，甜滋滋的，想到就會忍不住笑出來的小歡愉。

「那……」我從款款情深望住機車男的視線餘光，瞥見他身後的某座招牌，看起來頗有意思的樣子，我索性開口，「不如，我們去『私奔』吧？」

「什麼？」機車男馬上露出一副「可是我還沒有攢到盤纏」的扭捏表情，這傢伙不會老實到把我隨口說的話都當眞吧?

直到我信手指向街角那間BAR的招牌，他清楚看見上面偌大的兩個字「私奔」之後，才大大鬆了一口氣。

瞧他這個反應，我莫名其妙地不悅，「幹麼，要跟我私奔這麼委屈你啊?」

他又擺出一副「我爹絕對不會答應這門親事」的委屈表情，試圖解釋，「不是啦，我……」

這個時候，我的手機鈴響，正好拯救了機車男結結巴巴說不出話的窘狀。我瞄了一眼手機螢幕，是家裡打來的。

一接起來就能聽見媽媽高八度的關切，「慕心啊，妳到哪裡了啊?上車了沒?都這麼晚了……」

我不得不把手機拿得離耳朵遠一點，一時浮躁，卻也不知道是在和誰賭氣，「我遇到尹婕啦，所以去吃個飯，趕不上末班車我就不回東勢了……」

「什麼?那妳……」

沒等媽媽多說什麼，我已經斷然掛上電話，就連旁邊的機車男都拿我沒轍。

「妳怎麼這麼說話啊，那今天晚上妳要怎麼辦?」

「不是不跟我私奔嗎，不用你管！」我發現我還在生氣。

進入這間「私奔」，大概因爲是平日，客人三三兩兩的，顯得店裡頗爲冷清，台上駐唱的歌手正輕柔吟唱某首英文老歌，那深入靈魂的唱腔與嗓音多麼叫人心醉。

我們找了個角落的位置坐下，機車男天眞地直嚷著自己長這麼大從來沒有來過這類可以小酌放鬆的地方，我不奇怪地點點頭敷衍他，嗯，我看得出來。

後來，我們沒多交談，機車男應該還在拿著放大鏡觀察每一個新奇的發現，我則點了杯調酒，想暫時放空。

「這什麼？好喝嗎？」機車男圓睜著眼，好奇盯著我的酒打量。

「不知道，」我笑了，「剛剛遮著眼睛隨便點的，你可以喝喝看。」

「妳不怕喝我口水啊？」

「喝到你口水是會懷孕嗎？你眞可愛。」

才喝半杯，我好像就茫了，連戲謔的言語尺度都更加開放了，我沒注意到自己這麼說話根本就像是在調戲機車男。

「又不是……」他想了想，躊躇片刻，還是抵不住濃濃的好奇心，最後下定決心將嘴唇靠進杯緣，淺啜一口。

「啊，好難喝！」機車男哀怨地嘟噥道，儘管皺著眉毛，但我還是覺得這個樣子的他看起來好萌。

於是我忍不住伸手捏捏他粉嫩的臉頰。「你怎麼這麼可愛啊。」

「妳喝醉了吧？」他繼續抱怨，「怎麼一醉起來活脫像個色瞇瞇的中年男子啊？」

「你才色瞇瞇的中年男子呢，我又沒醉！」

爲了證明似的，我又咕嚕咕嚕灌進了服務生剛送來的酒。

「怎麼還有啊？」

「趁你去上廁所的時候點的啊，這個好喝！」

我呵呵笑開，只是，奇怪了，本來還想再來點個什麼的，但眼前的視線卻很不配合地糊成一片。怎麼這樣？我還沒三十歲就老花眼了嗎？

「妳醉了啦，走，我們回去了。」機車男已經起身，順便幫我拿起我的包包。

「你說誰醉了？」我抗議地跳起來，一個踉蹌，頓時，有種要飛起來的錯覺。

「喂，小心啊……」

好吧，我承認我「好像」眞的「有點」醉了。

想不起來自己是怎麼和機車男回到東勢的，只依稀記得我伏在他寬闊的肩膀上，就像我腳痛時他揹著我走的時候一樣。

好舒服、好溫暖。

不記得自己是怎麼和機車男兩個在不驚動他家人的情況下，偷偷摸摸溜進他房間的。我只知道，當我稍有意識時，機車男正拖著我進浴室。

我的頭好重好暈，只要稍微移動一步，都像快要吐出來一樣。

還是我已經吐過了？其實我已經弄不清楚了。

「快過來，妳臭死了！」迷茫中，我看見機車男一邊捏著鼻子，一邊拿起毛巾擦拭我的臉龐。「都說妳醉了還要硬喝，看吧，吐成這樣，衣服沾得到處都是，弄得髒兮兮的！」

機車男好像媽媽，好會碎碎唸唷！我傻呼呼地咧嘴笑了，突然好想對他撒嬌，「別這樣嘛，我好可憐耶，嫁不出去又沒有工作，而且，機車男還不想跟我私奔呢！」

聽我這麼說，他也拿我沒辦法了，軟化的語調在我耳邊唸道。「妳唷……」

我順勢將沉甸甸的頭靠在他的身上，忍不住繼續喃喃著，「我想我會就這麼孤單一輩子了啦，都沒有人愛我……」

「才不是這樣，慕心我……」

「你！」我一個抬頭，打斷了機車男的欲言又止，拿著凶猛如虎視的目光盯著他，莫名其妙地質問起來，「你愛我嗎？」

見他遲遲沒有回答，我又將身體緩慢挪向他，簡直像要和他融爲一體那樣貼近，最後，在他的耳畔，輕輕吐出了勾引般的誘人哀求，「吻我，好嗎？」

19

翌日天亮時，精神飽滿的陽光透進屋裡，彷彿能刺穿我深睡緊閉的眼皮般，使我不得不睜開眼睛。原本還沒醒來，我卻被眼前所見嚇得屁滾尿流、超級清醒！

這是哪裡？

登時，我瞪大眼睛愕然，將眼皮撐開到我所能的最大值，好仔細周延地打量這個不屬於我的陌生房間，還有這套男孩子氣的床單花色。我悄悄拉下棉被，赫然發現裡面還躲了個……

機車男！

他大爺整條腿就這樣大剌剌掛在我衣服翻起的肚皮上，我終於忍不住尖叫出來。他接著被我驚醒，連忙伸手摀住我的嘴，一副要殺我滅口的狠勁。

「哥，你幹麼啊？」沒多久，門外趕來救兵。

機車男趕緊揚聲報平安，「沒事啦，被蟑螂嚇醒然後腳抽筋！」

「唷，就叫你不要看太多A片了……」

「我哪有啦！」

睨了一眼身旁的機車男，我非常確信這句話他是刻意喊給我聽的，這個人面獸心的傢伙，根本就是披著小紅帽外衣的大野狼！

趁著機車男挪開他大爺的腿，我趕緊跳下床檢查自己的衣服，一面檢查，卻也發現那傢伙一臉純情而且驚恐地正在檢查他有沒有衣衫不整。

唷！現在是什麼情形？我們應該沒發生什麼奇怪的事情吧？

我偷瞄了一眼那傢伙的抽噎表情，他一邊找褲子穿，一邊快要哭出來似的。怎麼辦？我需要對他負責嗎？

我百般無奈地撐起發疼的額頭，可怕的宿醉肆無忌憚地朝我侵襲而來，像是要吃掉我大腦似地興風作浪，我揉揉頭皮試圖安撫，卻意外摸到了頭頂某個突起的腫塊，一按下去，整個痛感沒有預警地發作，我當場痛得幾乎飆淚。

這個瞬間，就連昨日的種種片段都一同浮湧重現了。

他沒有吻我。

他不但沒有吻我，竟然還將我一把推開，害我撞到他家浴室牆壁！

「你這個機車男！」我氣得大吼，已經弄不清楚我到底是在氣他沒有吻我，還是氣他害我撞到頭頂受傷了。

才要找他算帳，門外又有動靜。「兒子啊，下來吃早餐啦，昨天是跑去哪了，整天不見人影的……」

機車男又得伸長脖子回應他媽，「喔，好，我等等下去。」

語畢，他轉頭和我商量，「等一下趁我家人都在餐桌上吃早餐，我們就默默繞到客廳然後默默溜出門。」

我悻悻然地瞪著他，全然不想搭理。

卻不得不配合。

揹起我的包包，再拎著昨天機車男爲我套上的鞋，像賊一樣踮著腳走下樓。機車男在前面探頭探腦確認他家人都在餐桌前，示意我趕快走。

才走沒兩步，就因爲機車男他爸突然打了個飽嗝，我們兩個人嚇得趕緊打住。我剎車不及直接撞上他的背，恰巧碰觸到我頭頂的腫塊，我痛得忍不住唉了一聲。

「哎唷喂呀！」

他媽媽從餐桌上隔空傳來關切。「怎麼啦？叫得跟女人似的？」

機車男一手拎著我一手摀著我的嘴，「喔，沒事啦，撞到腳而已！」

「就叫你不要看太多A片了！」我聽得出來，那是機車男他弟。

直到走出門口，警報終於解除，我好奇問機車男，「你是不是搶了你弟的A片哪？」

「別理他，他念研究所念到頭腦都燒壞了！」

「是這樣？」我挑著眉毛，根本不打算相信。縱然你有這麼清純的外表，但內心總有邪惡的一面吧？不然怎麼稱得上是男人呢？是不是？還是你還沒轉大人啊？不會吧？

我還沒有開口，一個女生驀然出現，並且大肆橫在我和機車男之間，讓人怎麼樣都無法忽視她的存在。接著，她用酥麻麻嬌滴滴的娃娃音叫住了機車男。「諾軒哥！」

喔，對喔，一直以來都機車男機車男地叫著，幾乎都要忘了機車男的本名是什麼。

不過，小姐妳哪位啊？

才剛發動機車的機車男聞聲回頭，「雅婷？」

「我想找你一起去圖書館找資料，這個實習報告的題目好難做，你教教人家嘛！」

她邊說，一邊撒嬌樣地挨近機車男，臉上綻開了無敵甜美的笑靨，像朵花似的。然後又狐疑地轉過來看看這邊煞風景的我，「她是誰啊？」

「這是劉主任的女兒，她……」

「那她爲什麼會穿你的衣服啊？」

這個雅婷一說，我才想起自己因爲昨天酒後亂吐，梳洗乾淨之後就穿著這機車男的破T恤啦。只是，大清早的，穿這樣出現在某個男人家門口，一看就給人昨天和這男人「有怎樣」的錯覺。

「這說來話長啦。」機車男話中有話，娃娃音雅婷立刻提高警覺，目光毫不客氣地從我腳趾開始上下打量。

「你說她是教務主任劉主任的女兒？可是怎麼會一大早出現在這裡啊？而且，我昨天打給你你都不接電話！」

這下有好戲看囉，我雙手抱胸，默默地退居角落。

機車男果不其然耐不住娃娃音雅婷的追問，只得把她拉到一旁解釋，我看著那個娃娃音雅婷的表情，一下子又是甜蜜地撒嬌，一下子又是耍脾氣地嘟嘴，儼然一副小女朋友的模樣。

卻不知道爲什麼，這樣的場景看久了，心竟開始莫名地發酸。

雖然機車男平時老是被我嫌東嫌西嫌得要命，其實，也是個不錯的男生，也是有小女生仰慕暗戀的啊。

約莫十多分鐘，機車男終於結束娃娃音雅婷的糾纏，他走回我身邊，頗爲歉疚，「不好意思啊，她是……」

我則早一秒打斷了他的話，「不用向我解釋。」

因爲我不是你的誰。

我轉開頭，並不想讓機車男知道我此刻複雜的心情。想到這裡，有點不是滋味。

後來，他載著我回到我家，離別之前，我隨口問起，「那個雅婷，是哪個雅哪個婷？」

「嗯？」機車男沒有奇怪我問了這個莫名其妙的問題，只是乖乖據實回答，「文雅的雅、女字旁婷。」

雖然是菜市場名，但居然這個娃娃音雅婷和張至迅的那個小金礦雅婷名字是一樣的！

我不禁打了個超大的寒顫，頓時脊背發涼。

難道我和名叫雅婷的女孩們犯沖嗎？不會吧，我幼稚園最要好的朋友就是徐雅婷耶！

是不是年紀大了，對宿醉的抵抗力也會愈漸下降？

回到家，我禁不住隱隱發作的頭痛與暈眩，用盡最後一絲力氣爬上床之後就宣告陣亡了。

就這樣，我像是進入冬眠狀態，一睡就睡到晚餐時間。還是天使般的可愛弟弟來把我叫醒的。「劉慕心，妳阿嬤叫妳下來吃麵不然麵就要爛掉囉！」老梗。

我拖著軟趴趴的身體下樓，撐著軟趴趴的身體坐在餐桌前提起筷子，當媽媽問起昨天面試結果如何時，我更顯得虛軟無力了。

「就等候通知吧。」我只能挖一口飯，含糊回答。

「那，」媽媽聽到機不可失，立刻舉手提議，「妳要不要趁這幾天和隔壁街張媽媽的兒子認識一下啊？他事業有成，而且年紀跟妳差不多耶！」

「媽！」我忍不住翻白眼，連抗議的力氣都沒有。

「媽什麼，媽是爲妳好耶，妳下個月就要滿三十了，眼光還那麼高，到時候看妳怎麼嫁出去！」

眼看著媽媽歧視單身的苛刻論調又要開始，唷，誰來給我一杯酒，我寧願宿醉也不想聽到老媽發飆碎碎唸啊。

我索性站起身來想要離開，媽媽還是在背後窮追猛打。「我跟張媽媽都約好了耶！就明天，她兒子會回來東勢，妳們兩個就去吃個飯嘛，吃飯而已，又不會少一塊肉。妳眞的很奇怪耶，我怎麼會生妳這麼一個怪人？」

我轉過身來，「要去，妳、自、己、去！」

我忿忿上樓，甩上門，把自己關在房間裡，打算開始收拾行李。等尹婕從香港回來，一定要請她趕緊幫我打聽上次她說那個分公司海外發展部門的職缺。

我想盡可能快點離開。

一邊這麼計畫著，我一邊開啓了網路，查詢人力銀行上面的職缺。對著密密麻麻的工作條件與要求反覆搜尋查看，甚至修改好履歷與英文自傳，在某一個抬頭喘息的空檔，沒有來由地，突然想起了上次在這房間時爸爸問過我的。

「回來，好嗎？」

那個時候，爸爸用那樣近乎央求的語氣喊我，略帶落寞的眼睛深深望著我，那麼樣殷殷切切，我卻始終沒有給予符合他期待的答覆。

現在回想起來，我才遲鈍地驚覺，現在的爸爸已經不是當年那個意氣風發管理整座學校的訓導主任，而是一個日漸蒼老，留不住任性女兒的普通父親罷了。

而我卻還……

爸，對不起。

履歷傳送出去，我黯然關上電腦。

熄了燈，這夜，又是輾轉難眠。

20

隔天是週六，清晨時，因為根本沒睡，我很早就起床了。用不著下樓，就在樓梯間聞到撲鼻而來的甜甜香氣，肚子接著開始咕嚕咕嚕作響。我這才遲鈍想起，昨天被媽媽那樣一鬧，我幾乎沒吃飯就倉皇逃上樓了。

我餓得發昏，本能地依循食物香氣往廚房走，媽媽不知道是在烤小西點還是麵包之類的，怎麼會這麼香啊？結果，在跨進門的那步倏地打住！

我傻眼望住眼前這副詭異的情景，昨天那個娃娃音雅婷怎麼會出現在我家廚房呢？還亦步亦趨地貼在媽媽屁股後面，露出甜美如花的燦爛笑容，彷彿她才是我媽的女兒，我則是走錯廚房的路人。

於是我只能悶悶地退出廚房走到客廳，盯著坐在沙發上正和爸爸聊天的機車男，一個上前，我頗不客氣地質問起來，「那女的怎麼會出現在我家？」

「什麼那女的？人家叫雅婷好不好！」出聲回答我的，是天使般的可愛弟弟，我轉身，突然發現這孩子兩眼無神、雙頰泛紅，難不成連魂都被那隻小狐狸勾走啦？

機車男趕緊跳出來解釋，「雅婷一直吵著要來，她說想和劉主任打聲招呼。」

「是啊，這小女生還眞有禮貌。」什麼？現在連爸爸都變成那個娃娃音雅婷的死忠粉絲了嗎？

不能輸不能輸，劉慕心妳不能輸！

我深吸一口氣，決定二度闖進廚房，先用我迷人的翹臀推開了那個娃娃音雅婷，再擺出我畢生最爲諂媚的笑容向媽媽示好，咳咳，還要加上蜜糖般的聲音對吧，於是，我以高八度的說話音調開口。「媽咪，昨天是我不對，我也來幫忙！」

「媽……咪？」

媽媽扭頭過來注視我片刻，一副「妳是在叫我嗎？」的懷疑，接著毫不客氣地拒絕了我的眞心。「我們要烤布丁耶，妳哪會啊？平常只爲了吃飯才會進廚房的人，連碗筷都洗不乾淨了……」

「我會！」就是不想讓那個娃娃音雅婷繼續在一邊奸笑，我搶走媽媽手上的布丁杯，直接走向冒著熱氣的烤箱，「怎麼不會？烤布丁不就是……」

話沒說完，我已經先發出慘叫，手指不小心碰觸到烤箱頂部，立刻被燙得紅腫起泡。

「話說，女兒啊，我們是要烤布丁，不是烤香腸耶。」

「呵呵，幕心姊好可愛唷。」

「慕心，妳還好嗎？」

這個時候，顯得最有良心、最關心我的人竟然是機車男。雖然只是被燙傷了我一根手指，不需要沖脫泡蓋送，但他還是很有耐心地等我沖過冷水再幫我上燒燙藥。

「就叫妳不要逞強了吧，妳呀，就去把早餐吃一吃，然後回房間換衣服、化妝、弄頭髮，把自己弄得漂亮點，中午準備和張媽媽的兒子吃飯就好了嘛。」

頓時，娃娃音雅婷冒了出來，不安好心地追問：「慕心姊有約會？」

「對呀，她有多挑妳都不知道，每次叫她去相親都給我抵死不從，都要三十歲了還這樣，到時候嫁不出去怎麼辦？唉，雅婷妳啊，就要多注意，別步上了這慕心的後塵，有好的對象就要好好把握，知道嗎？」

「相親？」

我不用看，都能想像媽媽唉聲嘆氣的苦臉和那個娃娃音雅婷輕蔑竊笑的欠揍表情，卻都無力反擊，這個時候，機車男剛好走來，立刻被我眼明手快地逮住。我揪住他，這下怎麼也不肯放手。

「啊，我突然想到今天要和機車男去看電影耶。」

機車男顯得無辜，「有嗎？」

「當然有啊，」我忍不住在背後偷擰了他一把，要他配合點，「上次你約我的時候沒約成，就說好了要改成今天不是嗎？」

終於接收到我暗示般，機車男乖乖點頭就範，「對喔，差點忘了。」

「眞的嗎？」娃娃音雅婷聽聞，馬上飛奔到機車男身邊嘟嘴道，「人家也想去！」

我冷不妨開口，「妳不是要忙著做妳的實習報告嗎？」

見娃娃音雅婷好不容易語塞地得安靜下來，我得意的快要大笑出來。只是，我沒有料到……

「二姊，」天使般的可愛弟弟跟著飛撲而來，只差沒有抱我大腿撒嬌了，「人家也好想去唷！」

就這樣，雖然我終於可以免除和張媽媽兒子相親的悲慘命運，卻非得帶著這兩隻跟屁蟲出門看電影。

整路上，那個娃娃音雅婷除了沒事對著天使般的可愛弟弟放放電，其餘的主力還是全部投注在機車男身上，三不五時就甩甩頭髮，嘟嘴裝可愛。這樣矯情的模樣看久了還眞會讓人眼睛痛。

無知的男人啊，偏偏就吃這一套。

要比是嗎?我睨了她一眼，趁她小女孩般地拉拉機車男的手，親暱地聊天說笑，我則豪氣地大手一撈，搭上了機車男的寬闊肩膀，硬是把他拉了過來，還得佯裝自己不知道自己打斷他們的對話。「喂，機車男!等一下要看哪一部電影啊?」

我刻意忽略掉那個娃娃音雅婷氣極鐵青的臉，哇，從不知道惹人生氣這麼有趣!我再過分些地揉揉機車男那頭深巧克力色的頭髮，機車男便笑得像孩子一樣。

我敢打賭，娃娃音雅婷看見應該已經氣得要吐血了吧。

後來，趁著機車男去買飲料爆米花，雅婷去上廁所，天使般的可愛弟弟湊了過來，「幹麼一直勾引機車男啊?看了眞不舒服耶!」

自己要跟來看電影的，誰管你看了舒不舒服啊!

我悶哼一聲，「就是不想輸那隻小狐狸嘛，況且，幫你清除機車男這個障礙還不好嗎?」

「好是好啦。」弟弟躊躇片刻，欠湊地吐出了下句，「不過，什麼小狐狸?妳才老狐狸呢!」

哎呀，好一個吃裡扒外，胳臂向外彎的弟弟!

把我上次請你吃的七七乳加巧克力吐出來還我啊！我才要開口，機車男和娃娃音雅婷已經回來，也正好輪到我們買票。

我趕緊收起凶神惡煞的嘴臉，轉而對櫃檯小姐微笑說出要看的電影。

「那，請問幾位？」

我還沒回答，只是很自然而然地伸著被早上被燙紅得像香腸般的食指，沒放下來。

「一位？」她看了看我的手勢。

「四位。」我回答，還是舉著我被燙紅像香腸般的食指。

「可是妳比一耶？」

那我背後的機車男、娃娃音雅婷和我天使般的可愛弟弟是鬼嗎？

我只得耐著性子，忍痛搖搖食指，語氣非常堅定地告訴她，「四位。」

總之，歷經和櫃檯賣票小姐你來我往的幾番纏鬥，拿到電影票，找到四個並排的座位，娃娃音雅婷立刻搖身變成公車上愛拿包包佔位置的大嬸，她大嬸二話不說，拉著機車男兩個立刻屁股一坐，算盡心機地坐在我和機車男中間，可憐情竇初開的思春少年劉慕翃，連這小狐狸的邊都沾不上，只能坐在我的另一邊當回我的乖弟弟。

我摸摸他的頭，「少惹名爲雅婷的女孩兒啊。」

21

直到這天看完電影回到家前，天使般的可愛弟弟根本碰都沒碰到那個娃娃音雅婷一根汗毛。

回到家，弟弟異常地把自己反鎖在房間裡，拿起了塵封已久的吉他大唱，「我的字典裡沒有放棄，因為已鎖定妳……」

我沒轍地搖搖頭，同情這個思春少年。

為了防止魔音穿腦，我也沒有久待在他的房門外，趕緊溜回自己房間，關門，正巧接到鈴聲大作的手機來電。

是機車男打來的。

「慕心，妳現在方便出來一下嗎？」

「才分開一下子又叫我出去，有沒有這麼想我啊你？」我一手拿著手機，一手還得摀著另一邊耳朵，弟弟的魔音像能穿透牆壁似的，我覺得我的腦袋快要爆炸了。

算了算了，出去總比待在這裡好，但是……

為求謹慎，我忍不住先問：「那個娃娃音雅婷應該沒在你身邊吧？」我可不想再折磨我的耳朵和視覺啊。

「嗯，沒有，我剛才先送她回家了。」

「那好，你等我一下。」

衝出房間必須要月衝出封鎖線那樣的決心，我深呼吸，最後，一股作氣地跑下樓，打開家門來到機車男面前。

他看我跑得上氣不接下氣的樣子，好奇地問：「妳怎麼了？」

「還不是……」我喘得要命，一隻手無力地撐在機車男身上，還得努力喘息，「還不是因爲那個娃娃音雅婷，我家的思春少年劉慕翊已經整個完全淪陷了啦！」

「有這麼誇張嗎？」

直到聽到弟弟從三樓房間鐵窗流洩出來的魔音，機車男才嘖嘖稱奇地相信，這眞的不是我在危言聳聽啊。

他一副深感抱歉的樣子，只差沒有九十度鞠躬致意，「今天眞抱歉，打擾了。」

是啊，還眞的打擾到我了。

機車男繼續溫吞地解釋著，「雅婷因爲家裡沒有哥哥，我們家裡則是剛好相反沒有妹妹，所以她從小就把我當哥哥一樣，很依賴我。」

我不以為然，你最好確定那個娃娃音雅婷對你沒有非分之想，她看你的眼光就像豺狼盯著小綿羊呢！

我沒打斷機車男，他還活在他的世界裡面繼續說著，「雅婷從小就很內向怕生，所以沒幾個朋友，因為這樣，她很依賴我，總是我去哪裡她就跟我到哪裡……」

拜託，也太老套的解釋了吧。

我根本聽不下去，擺擺手，「我懶得跟小女生計較。」

話雖如此，我還是憤憤不平，我開始憤世嫉俗地學起那個娃娃音雅婷甜美如花的笑容，笑到臉龐頰都快要抽筋。

「別這樣嘛，」機車男拿我沒轍，失笑地摸摸我的頭，像安撫小孩一樣，「在我心裡，妳才是最可愛的。」

「謝謝你這麼正直，不像我爸我媽我弟全都淪陷了。」

我重重嘆一口氣，彷彿面臨世界末日的憂愁。

迎著夏末微涼的風絮，幾些被捲落的枯黃落葉緩緩飄落，這麼哀悽的風景正是我內心戚戚然的寫照啊，我眞的好想結束這段和機車男的對話，趕快到角落哀怨地畫圈圈搞自閉去。

「你知道嗎？今天出門前，我在化妝時，那個娃娃音雅婷就在我身邊繞呀繞的，問我粉底是不是拿來遮皺紋的。她問完之後還甜美地笑了笑，機車得要命，但她竟然用她青春無敵的笑容裝可愛帶過。我呢，我只要一笑，眼角的魚尾紋就要一一崩裂開來……在她眼裡我就是個老女人吧？而且還是嫁不出去的老女人！」

我垂頭喪氣，幾乎要趴在地上，幽幽吐出最後一絲心酸，「原本不覺得，現在想起來，我還眞的老了，老了！」

機車男此刻就像頭上有光圈的天使般，他笑咪咪地打包票，「妳才不會老呢，妳老了那我怎麼辦？我還大妳一歲呢！」

「你是男生沒差好嗎，男生是會愈老愈値錢、愈老愈搶手的！」

「眞的嗎？我怎麼不知道！」他偏著頭，發傻的樣子好可愛。

我怨怨地說：「看那個娃娃音雅婷不就愛你愛得要命？」

「雅婷對我而言只是小妹妹啦，我又不愛她，我愛的是……」

他說著說著，驀然停住。

我抬頭，望見了他誠摯多情的眼睛，跟著靜下原本浮躁的性子，細細聆聽。

「是？」

「是劉慕……」

「劉慕心！妳阿嬤叫妳回來吃麵了啦，再不吃麵就要爛掉囉！」

又是這個老梗，玩不膩喔？

我回頭，天使般的可愛弟弟不知道什麼時候停下魔音，已經在門口向我招手了！

只是……

我狐疑地又轉過身來問機車男，「剛剛我弟叫我的時候，你有喊我的名字嗎？」

「沒有啊……」機車男急忙搖手否認，一副人不是他殺的心虛模樣。

「喔，那是我聽錯了。」

「所以呢？」

尹婕在電話另一頭激動大叫，震得我的耳膜好痛，「到底是機車男眞的跟妳告白了，還是因爲妳個人太想要他告白，所以就幻聽了啊？」

這下，連我都跟著激動起來，「我哪有太想要機車男向我告白啦？」

「眞的沒有？」

被犀利出了名的尹婕一這麼逼問，我心虛得答不出來。只是，那個時候機車男的表情騙不了人，那雙清澈的眼眸盡是言不由衷的情愫，我好像漸漸地……

「咦？」我驀地驚醒，這才想起了正經事，「喂，我打電話給妳是要問上次那個海外發展部門職缺的事，現在到底有沒有下文？前幾天我重新寫好自傳寄給人事部陳主任了。」

「那個啊。」尹婕的語氣相較剛才也平靜許多，「有啊，早幫妳打點好了，去香港出差時我就跟總經理提過啦，也交代陳主任了，妳就這幾天進公司一趟，總經理說想和妳聊聊。」

就這樣，選個了天氣很好的下午，我終於又踏進了這個蹉跎掉我青春尾巴的地方。公司看起來沒什麼變，總機小姐小梅年輕依舊。「哎呀，慕心姊，今天怎麼有空過來啊？」

「我和總經理有約，幫我跟他說一聲我來了。」

「好，慕心姊妳稍等一下唷。」

我忍不住趁小梅拿起話筒通報時偷偷打量她粉嫩的雙頰，奇怪了，怎麼歲月都不會在她臉上留下初老痕跡啊？還是我也該來應徵總機小姐才對？

等候了約莫五分鐘，我被請進總經理辦公室裡。

首先，並不意外的他以「妳被張至迅那個負心漢拋棄的事情我都聽說了，眞的很遺憾」這類的關懷作爲開場白，其實，我現在已經不那麼難過了，只是還在分心想著，分公司除了海外發展部門，還缺不缺總機小姐？

沒多久，人事部陳主任敲門介入我們的談話，薪資、特休等等細節我都漫不經心地聽過，瞄瞄牆上時鐘，下午三點半，機車男要準備下課了嗎？今天他會約我去逛夜市嗎？怎麼辦，這總經理繼續叨絮下去我會不會趕不回去啊……

「慕心？慕心？」我的思緒飛得好遠好遠，直到總經理喊我喊了第二次才回神。

「是。」我感到抱歉，怎麼會滿腦子都是機車男呢？「總經理請繼續。」

「我說，妳下個星期就先到分公司幫忙吧，分公司現在剛成立，很需要妳這樣的資深人員……」

「是、是。」我點點頭。

「還有，」總經理微微一笑，「歡迎妳回來！」

22

「上車了嗎？今天上課一直想著妳。想妳……會不會去夜市的時候請我吃一條烤香腸！燙傷的手應該好點了吧？」

很幸運，一到高鐵就及時買到了正要發車的車票，我才剛找到自己的座位，甫一坐下，包包裡的手機便響個不停。

是機車男。像是在我身上安裝了針孔攝影機，能隨時確認我的行蹤，知道我終於結束和總經理的面談，並且買好車票上車，他用LINE一連丟了好幾個訊息過來。很機車的關心風格，頗欠揍的，我卻淺淺地笑了。

該怎麼回他呢？我握著手機暗自忖度。

不知怎地，思緒沒有來由地又回到那天，我們兩個站在我家門前，他說了他不愛那個娃娃音雅婷，他愛的是……

閉上眼，彷彿那般飽含情感的眸子還仍深深瞅著我不放。奇怪，明明那當下我就聽到他喊我的名字啊，他怎麼不承認啊？

膽小鬼。

「哼，賣香腸的阿伯今日公休啦。」

我丟了個超醜的鬼臉給他。

「別這樣，開開小玩笑，別生氣，妳知道我最愛妳了嘛！」

是這樣嗎？那爲什麼那天還不敢承認啊？我忍不住嘟囔。

「少在那邊油腔滑調的，我認識的機車男雖然為人機車，但他才不是個隨便跟女生打情罵俏的人呢！」

訊息一丟出去，我的手機畫面頓時整個變黑，再按按開機鍵也毫無反應。不會吧？出門前我才充電充到滿的耶，怎麼今天都還沒有過完就先給我沒電啊？

我無語問蒼天，只能唉嘆，望著彷若失去生命的手機。這下可好，機車男回的訊息我肯定是收不到了。

可惡，早知道剛剛就不要那麼任性，應該直接回覆他說「我也愛你但等一下六點十分可不可以來車站接我」就好了嘛。

唉，只能怪自己太忙著耍嘴皮子了。

直到高鐵到站，轉搭接駁車回東勢，下了車，一個人眼巴巴地望著同批下車的乘客紛紛被載走，登時，眞的有種好淒涼的感覺。

我拖著沉重的步伐緩慢地往回家的方向龜速行進。完了，這樣蹉跎下去，恐怕機車男眞的吃不到夜市阿伯的烤香腸了。

只好硬著頭皮衝了！

我下定決心，根本是緊閉著眼睛在暴走，腦海盡是機車男最後終於吃到烤香腸的開心模樣，像個小孩滿足地呵呵笑著。

機車男，你一定要等我啊！我在心裡雄心壯志地怒吼。

驀地，一道幾乎劃破耳膜的剎車聲驚得我不得不原地打住，我抬眼，定睛一瞧，忍不住笑了。

「喂，你騎車不看路的啊！」

「小姐，是妳闖紅燈耶。」

猶如初次見面的場景重現，不同於往昔的是，機車男帶著溫柔寬容的笑意，爲我戴上他早就準備好的安全帽。

「我有急事呀，你看過救護車閃著警鈴還停下來等紅燈的嗎？」

「那，請問這次又有什麼急事啊？」

「我趕著陪我朋友去逛夜市！」

「唷，妳朋友這麼想去逛夜市，不會是因為很想吃角落那攤阿伯的烤香腸吧？」

上了車，我們奔馳在入夜微涼的風裡，偎在他為我擋風的背後，附在他耳邊說話。我們都沒有察覺到，不知道什麼時候開始的，兩個人已經很習慣這樣貼近，我凝望他趁紅燈停下來時轉頭對我說話的燦亮眼眸，欣然笑了。

有種淡淡的恬然偷偷雀躍著。那是什麼感覺，我也說不上來，只是，我們兩個都有這樣的默契，似乎看著對方的眼睛，就微笑了。

機車男先送我回家換下身上的套裝。摘下安全帽，被風吹亂的劉海不聽話，刺得我戴著隱形眼鏡的眼睛好痛。我忍不住小聲哀號，機車男轉身過來，托起我的臉龐，小心翼翼地要幫我查看我刺痛的眼睛。

我們靠得好近，幾乎能夠感覺到對方愈漸急促的呼吸……

我屏息，他好像也僵住了。

頓時，心撲通撲通地跳得好大聲。

「我又不愛她，我愛的是劉慕……」

閉上眼睛，腦海不斷浮現前幾天機車男還沒說完的話，會不會我那個時候真的聽錯了，他愛的是誰呢？

不知道哪裡吹來的風旋繞著我們，我的頭髮也隨之飄逸，機車男輕輕撩起我的髮絲勾在耳後，然後，溫暖厚實的大手覆在我發燙的臉龐，我不自在地眨眨刺痛的眼，這瞬間，隱形眼鏡的乾枯與機車男眼裡深情似水的濕潤竟能意外地平衡了。

良久，是他才打破這頗爲尷尬的沉默。

機車男略帶沙啞的聲音問我。「還疼嗎？」

我搖搖頭，卻還怔然地喘息著。

爲了張至迅變得支離破碎的心，似乎還不能夠承受機車男的眞摯情愫，久久，始終不能平息這份顫抖的悸動。

機車男關切的眼神遲遲沒有轉移，是我自己先躲開了。

我轉身，仍能感受那熾熱的目光。

我不自覺地揉揉眼睛，隱形眼鏡戴久了，就會錯覺它已經成爲身體的一部分。而機車男一直陪在我的身邊……

好像，夏天也永遠不會結束。

一進家門，就望見媽媽守在玄關等候多時的樣子。

她雙手環胸，酸溜溜地開口。「回來啦？今天面試結果怎樣？不會又是要遙遙無期地蹲在家等通知吧？」

我彎下身體換鞋，原本愉悅的情緒瞬間冷卻，「很抱歉，眞是不如妳意啊，下星期我就要去分公司報到，沒時間和王媽媽的宅男兒子相親吃飯了。」

換好室內鞋，我迅速地掠過媽媽身邊，她一邊碎唸，一邊跟了過來。「那是張媽媽啦！」

「管他什麼媽！」進了廚房，我自顧自拿杯子倒水喝。

「劉慕心妳眞的是……」媽媽顯然是被我輕浮的態度氣得發抖，她一個上前，揪著我質問：「好，沒空跟張媽媽的兒子吃飯就算了，那諾軒怎麼辦？妳就這樣拍拍屁股回台北，要怎麼跟諾軒交代？」

「交代？交代什麼？我們只是朋友耶，媽。」我忍不住大翻白眼。

「只是朋友人家會三天兩頭來找妳嗎？拜託，妳是恐龍沒神經啊？本來想說跟張媽媽的兒子搭不線上就算了，至少還有諾軒，結果現在妳竟然這樣！」

「妳很奇怪耶，到底把我當什麼了啊？感情又不是跟誰都可以的！」我受不了，一面大喊，一面衝出廚房。

我驀地打住，停在客廳，望著就坐在沙發上的機車男，忘了我們約好要去逛夜市的。剛剛說的話都被機車男聽到了吧？

他凝望我，那樣複雜的眼神是我從來沒有看過的。

我望向他，儘管心像被緊緊揪著，驕傲的自尊卻不容許我再多說什麼。

半晌，他開口，「那，還要去夜市嗎？」

我撇開頭，只能違背心意地繼續逞強。

「我要去新光三越多買幾套上班穿的衣服，你總不能騎著你的破機車載我去吧？」

當我意識自己已經傷透機車男的心時，他早已說了再見掉頭走人，我並沒有在家裡逗留，抓了包包又衝出家門，獨自站在公車站牌下等車。

忽然覺得很想哭。為什麼會這樣，找到工作了不是很好嗎？為什麼媽媽又要那樣抓狂反對？還有，機車男他……

看著熙來攘往的車潮，唯有獨處的時候，才能捨棄掉在人前的好強與驕傲自尊，只是，現在說，也來不及了吧？

我其實眞的很希望機車男騎著他的破機車出現在我面前，對著我說他可以。

想著想著，眼淚沒用地一滴一滴掉了下來，不知道這樣過了多久，一輛白色轎車安靜地出現在我已然模糊的視線，按下車窗，是機車男。

頓時，我露出比哭更難看的勉強笑容，淚水落得更凶了。

「上車吧。」他如是說。

一路上，機車男都沒再說話，於是我也這樣靜默著。他不知道，如此的緘默比起開口責罵更讓我難受。

我低著頭，無暇欣賞窗外稍縱即逝的閃爍街燈，只是，眼淚無聲地滴落，怎麼也停不下來。

直到抵達新光三越地下室停車場，我們都還是沒有破冰和好的跡象。

我根本無心買衣服或是欣賞秋冬最新款式的包包了，我只是想、只想要……

只是想要再偎著你爲我擋風的寬闊肩膀，和你騎著破機車逆風奔馳，去逛原本約好要去的夜市，吃著那攤阿伯烤香腸！

我說不出口，所以，只能在隨意繞著專櫃時偷偷打量機車男若有所思的惆悵側臉。

當他心有所感地回頭，我則早先轉身佯裝自己很認眞在挑衣服。

整個晚上，不知道這樣偷瞄他幾次，他始終沒有發現我追隨的目光，像捉迷藏那樣，或許，他是故意的也說不定。

我忍不住這樣想，心緊緊縮著、揪著，眞的好疼。

手上抓著不知道亂買了什麼的紙袋，心不在焉的，也不知道到底刷卡刷掉了多少錢，只曉得機車男那樣眉頭深鎖的沉默表情一點都沒有好些……

對不起，機車男，對不起。可是，我眞的不知道要怎麼告訴你。

走著走著，縱然是亦步亦趨，機車男卻站得好遠。這樣陌生合宜的距離，像在說明我已經完完全全被區隔他的世界之外了。

今天過後，他應該不會想再見到我了吧。

帶著這般酸楚難耐的心情，我領著他來到電梯口，打算要回家。按了向下鍵，電梯門應聲開啓，沒有注意到是上樓的電梯，就要走進去，機車男一個上前拉住了我。

這瞬間，就如同今天站在我家門前幫我看眼睛的貼近距離，我傾倒在他的懷裡，望住他的臉龐。

「對不起，我……」

話沒說完，他一個俯身，吻住了我。

23

「Anita，國外那邊的客人聯絡得怎麼樣了？到底能不能請他們延交期啊？明明年關將近，公司還硬要接這個案子，也不怕生產線排不出空檔，到時候延遲了又要付空運的龐大費用……」

我對著電話咆哮，儘管另一頭已經被我吼得乖乖噤聲，我仍止不住暴躁情緒，像頭發怒的獅子叫個沒完沒了。

「拜託，妳也饒了她吧，看起來二十出頭的小女生，被妳這樣一吼，不嚇到哭著離職才怪呢！」

「我哪有……」

一轉頭，意外發現尹婕帶著笑意出現在辦公室門口。我驚喜地站起身來，接過她探班帶來的香醇咖啡。「怎麼有空過來？」

「來看妳呀，」尹婕燦然一笑，頗俏皮地吐舌，「順便和總經理過來視察，等一下還要再去和研發那邊的廠商開會呢。」

我沒有反駁她刻意顛倒來看我的輕重緩急，陪笑道：「是是是，大忙人！」

尹婕沒有閒下來，圓睜著眼睛到處看，她檢視著這嶄新辦公室的格局以及算得上設計時尚的小會議廳，寬敞的空間比原來的公司來得明亮舒適，她呼地一聲，「哇，這是我第一次來分公司，裝潢得不錯嘛。」

「還好啦，不過硬體設備還沒有那麼完善就是了。」我領著尹婕導覽起來，順手將桌上的簽呈帶著，等一下剛好可以交到部長室那邊。

「喂，那個小帥哥長得好可愛喔。」尹婕指著營業二課的年輕小夥子，猛朝他放電嬌笑，「他有沒有女朋友？」

我趕緊把她拉回正途，「那傢伙每天都把自己打扮得跟男偶像一樣，一看就不是認眞來上班，專門來公司拈花惹草的！」

「哪會啊？妳幹麼這麼憤世嫉俗！」

尹婕被我帶出了辦公室，我們來到電梯口，叮的一聲，電梯向上，我的回憶也都一同浮湧上來了。

那天，機車男吻了我。

縱然如此，卻改變不了什麼，我回到台北任職多久，我們就有多久沒有聯絡。

已經四十五天了。

離家那天，媽媽做了一桌子豐盛佳餚，沙茶洋蔥炒蛋，蛤蠣鮮湯等等全都是我愛吃的菜色。她忙不迭爲我夾了青菜又盛湯，「自己一個人在外，要吃得健康知道嗎？」媽媽不知道，整頓飯吃下來，這句話她已經重複了好多次。

換好鞋，拖著行李要出門前一刻，媽媽急急忙忙從廚房衝出來，她切了好多不同種類的水果分裝在大大小小的保鮮盒裡，硬是要我帶上。

「去了台北，妳一定會懶得自己弄水果吃！」

捧著媽媽塞過來的保鮮盒，那都是她對我的滿滿關愛，她卻忘了，我只有一個人，那麼多的水果我根本吃不完。

一直到了坐上尹婕的車，爸爸仍沉默不語。我不敢看他落寞的眼睛，最後，這個任性的女兒還是辜負了他的期盼。

尹婕開始倒車，從後照鏡裡，注視著站在家門口目送我的爸媽身影逐漸變小，不知怎地，心像被狠狠擰得發酸，我不知道自己這樣的反應會不會太誇張，只是回到台北工作而已又不是去到美國對吧？卻還……

「尹婕，停車！」尹婕應聲，馬上扭轉方向盤來個漂亮的剎車。

我鬆開安全帶，即刻跳下車奔跑至家門口，才不管爸媽會被我嚇得花容失色，已經一把緊緊環抱著他們兩個了。

埋在他們溫暖的肩頭，我冒出濕濕的鼻聲，「我會好好照顧自己的。」

許久，爸爸在我耳邊說著，「傻孩子，又不是不回來了。」

是啊，又不是不回來了，只是……

離開東勢之前，尹婕開車刻意繞到機車男家，我下意識地想要逃避，卻怎麼也敵不過尹婕濃厚的好奇心，正好撞見了那個娃娃音雅婷手上抱著幾本看來沉甸甸的書本，而我日思夜想的機車男從後面出現，貼心地接過了她手中的書本，她則親暱的改攬住他的臂膀，兩個人不知道討論到什麼，開心地笑了。

我瞥開視線，卻抹不掉心上五味雜陳的感傷如漣漪般一圈一圈的無聲擴大。

早該知道，他不再是專屬於我的機車男了啊。

「那不會就是那個傳說中的三八娃娃音雅婷吧？」尹婕的評斷一向很毒辣，「哼，不就村姑一個！」

至少她能一直留在王諾軒身邊啊。

尹婕和我後來沒有再多交談。回到台北的一路上，我只是若有所思地捏著手機，對著王諾軒留在LINE上面的最後一句話發呆。那是在高鐵上我的手機突然沒電那次，沒能及時收到的訊息。

「沒錯，我只和喜歡的女生打情罵俏，那是因為……劉慕心，我喜歡妳！」

「對了，慕心，下班後一起吃個飯吧，反正和研發那邊的廠商沒什麼好說的，會議大概半小時就能結束，今天預計可以準時下班！」

尹婕並沒有發現我沉淪在回憶裡，只是拉著我，逕自開心地計畫著，「我們去吃日本料理，還可以順便逛個百貨公司，如何？」

我無可無不可地點點頭，反正如果沒有跟尹婕去吃日本料理，我也是自己窩在小沙發上吃泡麵看韓劇，我想，這大概就是往後二十年我生活的固定模式了吧，直到某天孤獨地老死在房間裡，屍體發爛臭到隔壁鄰居來敲門才會被發現，叫我年邁的雙親來爲我收屍……

稍晚，我們坐在尹婕朝思暮想很久的日本料理店，她嘴裡猛塞生魚片，滿足的臉頰泛著幸福洋溢的微笑，我說起了自己慘澹的人生計畫，她才拿著捨不得放下的筷子敲我的頭殼，看有沒有壞掉。「有沒有這麼悲情啊妳！」

怎麼沒有？我幽幽的，沒有回嘴。

「好吧，那我們明天去東區喝個貴婦般的英式下午茶怎麼樣？前幾天看到一間新開的店，裝潢是低調奢華路線，妳一定會喜歡的！」

尹婕不知節制地繼續說了下去，甚至提到明年特休要去日本北海道度假，我望著她，好羨慕妳，尹婕。

可不可以也教教我，該怎麼做才能像妳一樣，即使一個人也可以過得開心、睡得安穩，輾轉反側的失眠夜裡，不會因爲想起誰而抱著枕頭偷哭到天亮，假裝自己從來沒有在意過他，當爸媽提起他的近況，還要很努力裝作漠不關心的樣子？

我眞的沒有辦法。

因爲我好想好想王諾軒。

好愛好愛他。

「想什麼啊？問妳意見也不回？」

尹婕再度輕敲我的腦袋，我看著她手上的筷子已經不見，而是拎著兩雙高跟鞋，一個回神，我們已經身處某個品牌的專櫃，尹婕怪我怎麼下了班連我的精明態度都跟著打卡下班，換了個魂不守舍的空殼子劉慕心在陪她吃飯逛街。

「沒有，在想剛剛那雙高跟鞋要買什麼顏色。」

我漫不經心地低下頭，一雙黑色平底娃娃鞋驀地闖入視線，像極了王諾軒那個時候爲我套上的那雙，沒有來由，我眞的好想念。

「嗯？沒聽到專櫃小姐說已經沒有妳的尺寸了嗎？」

尹婕放下了原本緊抓著不放的高跟鞋，她抓住我的肩膀將我定住，逮到我渙散的空洞眼睛，「明明就想那個機車男想得要命，幹麼不回去找他？自己在這裡過行屍走肉的生活，把自己弄得那麼悽慘，看得我超難受的！

「慕心，過了今年我們就三十歲了，已經不年輕了，就算還有體力跟公司那些貌美如花的妹妹們去聯誼夜唱，也會被人家嫌老了。妳卻這麼輕易就打算放棄可能是這個世界上唯一可以忍受妳大小姐脾氣，任妳頤指氣使，被妳騙去買衛生棉還會對妳傻笑的絕種好男人？」

「對。」尹婕成功激怒了我，我抓狂般叫了起來，連路過的人都忍不住偷瞄我幾眼。這個時候，櫃姊倒是默默倒退了兩步，不知道她會不會誤解因爲我沒買到他們家的鞋所以發狂。「我是瘋狂想他，每天吃飯睡覺洗澡尿尿，就連月經來在換衛生棉的時候都想著他！走在路上看到呼嘯而過騎著相同型號機車的路人甲，我也會自作多情以爲是機車男來找我，這樣妳滿意了吧？

可是又能怎麼樣？他說不定早就和那個娃娃音雅婷在一起了！」

「那就……」尹婕摟住我，一副世界末日也不怕的無懼表情，「連哄帶騙地把他搶回來啊！」

「眞不知道妳腦袋裡面是裝豆腐還是石頭，早該行動了不是嗎？」

尹婕在飛車前往高鐵站的途中按捺不住，她騰出原本駕著方向盤的右手敲敲我的頭。

「應該是石頭吧。」儘管是這晚第三次被她東敲西打的，我還是乖乖地沒有還手，「最近覺得頭又重又痛的，連脖子肩膀也都硬得要命呢！」

「這樣妳也能接話！」尹婕受不了我，翻著白眼表示她超級無言。

因爲我們隨興而行的決定，導致兩個人興沖沖來到買票櫃檯……才發現早就沒有南下的班次。我們傻眼地呆望了彼此兩秒，我決定獻出我這輩子最爲諂媚的笑容。

「尹婕，我的好姊妹……」

話沒說完，她已經又拉著我上車，豪氣地將油門踩到底，全速往高速公路南下的方向行進，直接用行動證明了她的義氣相挺。

能見證妳的幸福便是我此生最大的欣慰！當然，依尹婕的直爽個性不可能說出這種古裝劇才會出現的矯情對白。

她只訕訕開口，「別太感動，因爲我平常壞事做太多，怕死後上不了天堂，所以偶爾也會爲自己積點陰德，阿彌佗佛！」

「知道啦！」我感激地笑了。

其實才不是這樣的。其實，尹婕只是不想我道謝，這樣會讓她覺得太見外扭捏，這份謝意，即使不說出來她也都能了解。

接著我翻出手機，得先把諾軒約出來才行。

這個時候他在做什麼呢？睡了嗎？還是正在和那個娃娃音雅婷手牽著手漫步在繁星點點的夜空底下，享受這個放鬆浪漫的星期五週末夜？

我的思緒持續翻攪，不安隨著無人接聽的來電答鈴逐轉擴大，不，諾軒不可以被搶走！

此刻，我交雜的內心已經逕自演起戲劇化的獨白，天知道我有多麼著急焦慮，如果諾軒眞的和那個娃娃音雅婷在一起……

我不死心地撥了第二次諾軒的手機，好半晌，才終於被接起來，「喂？」

我欣喜若狂地因此一股作氣告白出來，「諾軒，是我，聽我說，拜託，不要和那個娃娃音雅婷在一起，因爲……因爲我喜歡你！」

沒想到，這番話換來一陣沉默，片刻後，「我不是諾軒唷，他今天忘記帶手機出門了，我是王諾騫，張騫出西域的騫！」

「是你？」

頓時，沉睡腦海的老舊記憶連結到小時候寫名字的那堂國語課，原來如此，難怪我會一直覺得諾軒的名字莫名耳熟！

我因此不可思議地大叫出來，連旁邊開車的尹婕都對我側目。

「我是小霸王劉慕心呀，記得嗎？快幫我叫你哥來聽電話！」

「妳說妳是以前那個小霸王劉慕心？」電話那頭，王諾騫的聲音顯得很質疑。

「不然呢？我不是詐騙集團啦，我眞的是小霸王劉慕心，你以前都被叫作王諾賽，落賽的賽啊！」

非要我提起你不堪的往事才肯相信嗎？尹婕已經在旁邊竊笑起來。

「你哥在嗎？請你把電話拿給他，我有重要的事情要跟他說！」

他非常不情願，「妳剛已經說過了，不要跟那個娃娃雅婷在一起，因爲妳愛他！」

這傢伙是怎樣？難道眞的如諾軒說的，念研究所念到腦袋都壞啦？

「你哥到底在不在啦？」

「我為什麼要幫妳？」

我不耐煩起來，這傢伙不會是還在氣我當年悔婚吧？那時候我們才國小三年級耶！瞄了瞄置身事外的尹婕，我的歪腦筋不得不動到她身上。我的好姊妹啊，妳就當作積陰德囉！

「你幫我的話，我就介紹一個正妹給你，絕對品質保證，包你驚為天人的。這樣一來，你就不用老是窩在家裡看A片消磨時間啦。」

他沉默片刻，不知道是在思考我怎麼知道他平常在家裡的嗜好，還是尚在考慮要不要和A片女主角分手？

我則不耐煩地先叫起來了。「拜託，都端出這麼優渥的條件跟你交換了還猶豫啃？算了算了，談不攏拉倒，你就繼續對著電視螢幕談戀愛吧！」

我放慢動作，作勢要掛電話，這王諾騫果然中招，趕緊出聲。

「哎，我又沒有說不好！」

我已經在這邊露出勝利的竊笑。

「我哥還沒回來啦，」他不情願地透露，「他今天南下去高雄參加不知道是什麼的教育研習營，晚點才會回來，妳要我怎麼幫妳？」

「這樣乖乖合作就對了嘛！」我靈動的眼珠子轉呀轉的，這下，一定要像尹婕說的那樣，連哄帶騙地把諾軒搶回來。

於是，我思慮縝密的頭腦開始密謀一樁搶救剩女大作戰，這可是攸關了我往後二十年會不會還繼續孤獨地窩在小沙發上吃泡麵看韓劇，直到某天老死在房間床上的關鍵之戰哪。

我吞了吞口水，百般慎重對著王諾騫說：「你就按照我待會說的去做，知道嗎？等諾軒回來先按兵不動，明天再……」

24

隔天清晨，天還未亮，我已經蠢蠢欲動，把原本塞在衣櫥最底層，發誓再也不穿那件寶藍色的小禮服翻出來，悄悄套上。

諾軒說過的，我穿這件小禮服很美。

尹婕被我躡手躡腳的細微聲音吵醒，揉著惺忪睡眼，一臉愣愣地看我，「妳穿成這樣要幹麼啊？」

見她醒了，乾脆直接把她拉到梳妝台前。上次，也是她大師級的巧手打造才能讓諾軒對我一見鍾情的嘛。

「有沒有搞錯啊？現在才六點半耶！」尹婕一邊嘟噥道，一邊已經翻開她隨身攜帶的百寶箱，拿出她週年慶剛入手妝粧前飾底乳。

我伸長脖子送上素顏。「東勢人都這麼早起的嘛。」

「喔，我還是很難想像以後妳要脫下高跟鞋，回歸這種早睡早起的田園生活耶，那以後誰來陪我吃日本料理、逛百貨公司啊？」

我神祕地笑道，「會有人的。」

是呀，昨天都幫妳安排好了呢，我的好姊妹。

稍晚，和王諾騫約好了要把諾軒帶到河濱公園那個大榕樹下集合，不見不散，不然他就見不到那個要介紹給他的正妹了，我是這麼威脅王諾騫的。

「到底把我帶來這裡要幹麼啊？我等下還要進學校一趟耶！」

「是啊，諾騫哥你到底在玩什麼把戲啊？」

來到河濱公園，遠遠地，就能望見那個熟悉身影，可是，為什麼這個娃娃音雅婷也跟著過來啦？這、這不在我的計畫內呀。

我還非常傻眼地坐在車上，這下，原本百分之百的勝算不知道還剩下多少，畢竟青春無敵啊。

現在只能趕緊掏出鏡子檢視妝容，希望尹婕把我眼下的細小皺紋藏得很好。

「哎唷，不用再照了啦，妳的美貌加上火辣身材肯定贏過那個三八娃娃音雅婷六千八百七十二倍好嗎？」

「眞的嗎？喂，我這個胸口是不是要再拉低一點啊？」

「再拉低就要妨礙風化了啦！」

就這樣，我被尹婕趕下車，躡手躡腳地來到這約定的樹下，和王諾騫揮手示意，要他別驚動了還背對著我的諾軒，以及那個娃娃音雅婷。

王諾騫並不受控制，不知怎地頓時兩眼發直，對於我拚命的暗示根本視而不見，順著他呆滯的目光，我轉頭，發現尹婕就站在那傢伙迷戀的視線盡頭。

「嗨！妳好，我叫王諾騫，張騫通西域的騫。」

那傢伙一臉靦腆的模樣彷若初嚐戀愛的青少年，那雙原本渾濁的眼睛突然綻放光明，精神奕奕，看來，他念研究所念到走火入魔的病症已經不藥而癒了吧。

只不過……

諾軒終於察覺了不對勁，一回身，便把藏在背後鬼鬼祟祟的我逮個正著。

「慕心？妳在東勢？」

我並不確定諾軒現在是怎樣的心情，會是驚喜嗎？還是他根本不想再看見我呢？

我心虛，不敢看他。

「爲什麼？」

他瞅著我不放，往昔開朗燦亮的眼睛已然轉換沉澱，斂起當初看著我的誠摯熱情，思考時，深邃的瞳眸穩穩靜靜的，失去純眞的溫度，那樣的成熟令人心疼。

我鼓起勇氣開口，聲音帶著顫抖。「有一個人允諾，如果我三十歲了還嫁不出去，他就負責把我娶回家，我想知道，這個承諾還算不算數。」

他沒有回答。

諾軒只是不發一語地望住我，我看不懂他此刻的表情爲何，是否這樣的告白帶給他言不由衷的爲難了？

我的視線轉移到他身旁的娃娃音雅婷身上，她也一臉錯愕地同樣注視著我，但雙手仍然緊緊攬著諾軒的手臂，就像我離開東勢前看到的那樣。

他們眞的在一起了，對吧？

好奇怪，我怎麼一點都不意外。

點點頭，我終於明白地對諾軒扯了一枚牽強的笑容，眞想說聲「對不起，打擾兩位了」，可是話哽著，我說不出來。

我很沒用，眼淚不知怎地瘋狂掉落。我不知道自己在哭什麼，是哭自己笨得錯過了深愛的諾軒，還是哭自己注定終身都要獨自窩在小沙發上吃泡麵看韓劇，直到老死的悲慘命運。

「慕心！」驀地，他喊得我心好疼。

我抬起頭，凝著他善良如同小動物般的眼睛，心上隱隱作痛的自作多情，眞的好痛。

「妳還好嗎？」他還想多說什麼，我都能懂，只是，多餘的關切與慰問，眞的都沒有必要了。

「諾軒，祝你幸福。」

語畢，我轉身就走，這是我最後的一絲灑脫。

閉上眼，再也沒有多餘心思去管爬滿臉龐的淚水了。此刻，滿腦子都是關於諾軒與我的種種片段與回憶。

從一開始，他率先向我搭訕載我回家，到傻傻被我騙去幫我買衛生棉，還送我巧克力吃。我生病的那次，他毫無怨言地照顧我，兩個人像是新婚夫妻那樣的擠在廚房裡麵煮泡麵吃。還有、還有上次，諾軒爲我套上了好走的鞋，讓我像個備受寵愛的小公主，彷彿自己還有機會得到幸福……

而，笨蛋如我，卻是自己先選擇放棄了啊。

所以，不需要抱歉，諾軒。

是我，是我笨得沒有發現，自己原來那麼愛你。

「劉慕心！」

諾軒追了上來，越過我的步伐，來到我面前，有力的雙手將我固定住，強迫要我看著他那般重與堅定。

我不懂他的用意爲何，我只是一心想要掙脫他，如果不再見他，心就不會這麼痛了吧。

只是，下一秒，他脫口說出，「妳接受沒有求婚戒指的求婚嗎？」

這瞬間，我笑了，也哭了，幸福的淚水止不住，一個上前，深深地擁抱住他。

這是我的回答。

「臭機車男，害我浪費這麼多眼淚，你……」

不讓我說完，他俯身，遲來的吻落在我的唇上，我閉上眼，登時，機車寶寶爬滿地的情景再度浮現腦海，這次，機車男正在浴室幫機車寶寶六號洗澡，我則滿心愛慕地深情款款看著我的機車男老公，痴迷的目光怎麼也無法轉開。

「以後，我們要生幾個小孩啊？」

「六個吧，我想。」

【全文完】

國家圖書館出版品預行編目資料

盛夏の樹 / 貓咪詩人 著. -- 初版. -- 臺北市：商
周，城邦文化出版：家庭傳媒城邦分公司發行，民
102.01
面 ； 公分. --（網路小說；210）

ISBN 978-986-272-307-4（平裝）

857.7 101027295

盛夏の樹

作　　者／貓咪詩人
企畫選書人／楊如玉、陳思帆
責任編輯／陳思帆

版　　權／翁靜如
行銷業務／李衍逸、蘇魯屏
總 編 輯／楊如玉
總 經 理／彭之琬
發 行 人／何飛鵬
法律顧問／台英國際商務法律事務所　羅明通律師
出　　版／商周出版
台北市中山區民生東路二段 141 號 9 樓
電話：(02) 2500-7008　傳眞：(02) 2500-7759
blog：http://bwp25007008.pixnet.net/blog
email：bwp.service@cite.com.tw
發　　行／英屬蓋曼群島商家庭傳媒股份有限公司城邦分公司
聯絡地址：台北市中山區民生東路二段 141 號 11 樓
書虫客服服務專線：(02) 25007718・(02) 25007719
24小時傳眞服務：(02) 25001990・(02) 25001991
服務時間：週一至週五09:30-12:00・13:30-17:00
郵撥帳號：19863813　戶名：書虫股份有限公司
讀者服務信箱 email：service@readingclub.com.tw
城邦讀書花園網址：www.cite.com.tw
香港發行所／城邦（香港）出版集團有限公司
地址：香港灣仔駱克道 193 號東超商業中心 1 樓
email：hkcite@biznetvigator.com
電話：(852)25086231　傳眞：(852) 25789337
馬新發行所／城邦（馬新）出版集團 Cité(M)Sdn. Bhd.
41, Jalan Radin Anum, Bandar Baru Sri Petaling,
57000 Kuala Lumpur, Malaysia.
電話：(603) 90578822　傳眞：(603) 90576622
email:cite@cite.com.my

版型設計／小題大作
封面插圖／粉橘鮭魚
封面設計／山今伴頁
電腦排版／浩瀚電腦排版股份有限公司
印　　刷／高典印刷有限公司
總 經 銷／高見文化行銷股份有限公司
電話：(02)2668-9005　傳眞：(02)2668-9790
客服專線：0800-055-365

■ 2013 年（民 102）1月10日初版　Printed in Taiwan

定價 / 180元

ISBN　978-986-272-307-4

商周出版

廣　告　回　函
北區郵政管理登記證
台北廣字第000791號
郵資已付，免貼郵票

104台北市民生東路二段 141 號 2 樓

英屬蓋曼群島商家庭傳媒股份有限公司　城邦分公司

請沿虛線對摺，謝謝！

商周出版

書號：BX4210　　書名：盛夏の樹　　編碼：

請於此處用膠水黏貼

商周出版

讀者回函卡

謝謝您購買我們出版的書籍！請費心填寫此回函卡，我們將不定期寄上城邦集團最新的出版訊息。

姓名：______________________ 性別：□男 □女

生日：西元________年________月________日

地址：______________________

聯絡電話：______________ 傳真：______________

E-mail：______________________

學歷：□1.小學 □2.國中 □3.高中 □4.大專 □5.研究所以上

職業：□1.學生 □2.軍公教 □3.服務 □4.金融 □5.製造 □6.資訊

□7.傳播 □8.自由業 □9.農漁牧 □10.家管 □11.退休

□12.其他______________________

您從何種方式得知本書消息？

□1.書店 □2.網路 □3.報紙 □4.雜誌 □5.廣播 □6.電視

□7.親友推薦 □8.其他______________________

您通常以何種方式購書？

□1.書店 □2.網路 □3.傳真訂購 □4.郵局劃撥 □5.其他________

您喜歡閱讀哪些類別的書籍？

□1.財經商業 □2.自然科學 □3.歷史 □4.法律 □5.文學

□6.休閒旅遊 □7.小說 □8.人物傳記 □9.生活、勵志 □10.其他

對我們的建議：______________________

請於此處用膠水黏貼